마음의 왕자

心の王者

KB106757

다자이 오사무
유숙자 옮김

마음의 왕자
心の王者

다자이 오사무
산문집

자택 주변을 산책하는 다자이 오사무(1944년)

차례

1933 시골뜨기 —— 11

어복기(魚服記)에 대하여 —— 12

1935 생각하는 갈대 (1) —— 17

생각하는 갈대 (2) —— 40

가와바타 야스나리에게 —— 49

1936 생각하는 갈대 (3) —— 55

벽안탁발(碧眼托鉢) —— 72

번민 일기 —— 84

달리지 않는 명마(名馬) —— 89

1937 소리에 대하여 —— 95

창작 여담 —— 99

1938 『만년(晚年)』에 대하여 —— 105

하루의 노고 — 107

답안 낙제 —— 112

일보전진 이보퇴각(一 步前進 二步退却) —— 117

1939 당선된 날 —— 123

정직(正直) 노트 —— 130

시정 논쟁 —— 133

1940 마음의 왕자 —— 139

술을 싫어해 —— 143

무취미 —— 152

6월 19일 —— 153

탐욕이 부른 화(禍) —— 155

자작(自作)을 이야기하다 —— 158

희미한 목소리 —— 162

1941 고쇼가와라(五所川原) —— 167

아오모리(青森) —— 169

용모 —— 171

사신(私信) —— 173

1942 식통(食通) —— 177

일문일답(一問一答) —— 179

염천한담(炎天汗談) —— 182

1943 내가 애호하는 말 —— 187

1944 향수(鄉愁) —— 191

한 가지 약속 —— 194

1945   봄 ─── 199

1946   바다 ─── 203
        같은 별 ─── 205

1947   새로운 형태의 개인주의 ─── 209
        오다(織田) 군의 죽음 ─── 210
        나의 반생(半生)을 이야기하다 ─── 212
        작은 바람 ─── 220

1948   혁명 ─── 223
        도당(徒黨)에 대하여 ─── 224
        구로이시(黑石) 사람들 ─── 227
        여시아문(如是我聞) ─── 229

        작품 해설 ─── 267
        작가 연보 ─── 273

1933

시골뜨기

저는 아오모리현 기타쓰가루군(北津輕郡)이라는 곳에서
태어났습니다. 곤 간이치*와는 고향이 같습니다. 그도 상당한
시골뜨기인데, 제 고향은 그가 태어난 곳보다 100리나 더 깊
은 산속이니, 감출 게 뭐 있나요, 저는 훨씬 지독한 시골뜨기
입니다.

*   今官一(1909~1983). 다자이를 기리는 모임 '앵두기'의 이름은 그가 제안했다
      고 전해진다.

어복기(魚服記)*에 대하여

'어복기'란 중국의 옛 서적에 실린 짤막한 이야기의 제목이라고 합니다. 그걸 일본의 우에다 아키나리가 번역해 제목을 「꿈속 잉어」로 고쳐, 『우게쓰 이야기(雨月物語)』** 2권에 수록했습니다.

저는 애달픈 생활을 하던 시기에 이 『우게쓰 이야기』를 읽었습니다. 「꿈속 잉어」는 미이데라(三井寺)의 잉어 그림에 능숙한 고우기라는 스님이 어느 해 큰 병에 걸렸고, 그 혼백이 금빛 잉어가 되어 비와 호수(琵琶湖)***를 마음껏 소요(逍遙)했다, 라는 이야기입니다. 저는 이걸 읽고, 물고기가 되고 싶

---

* 1933년 발표. 다자이 오사무의 첫 창작집 『만년(晩年)』에 실린 단편. 우리말 번역은 『만년』(유숙자 옮김, 민음사, 2021) 참조.
** 1776년 출간. 우에다 아키나리(上田秋成, 1734~1809)가 중국과 일본의 고전에서 수집한 자료를 바탕으로 쓴 작품이다. 일본 근세 문학의 대표작이자 설화 문학의 고전이다. 다양한 예술 장르의 모티프로 사용되는데, 특히 미조구치 겐지 감독이 연출한 같은 제목의 영화가 유명하다.
*** 시가현 중심부에 있으며 일본에서 가장 큰 호수로, 풍광이 아름답다.

다고 생각했습니다. 물고기가 되어 평소 저를 욕되게 하고 못 살게 구는 사람들을 비웃어 줘야지, 생각했습니다.

저의 이 시도는 어쩐지 실패한 모양입니다. 비웃어 주네, 어쩌네 하는 게 애당초 못된 궁리였는지도 모릅니다.

1935

생각하는 갈대 (1)
— 당연한 것을 당연하게 이야기한다

서문

'생각하는 갈대'라는 제목으로 일본낭만파의 기관 잡지에 얼추 1년 남짓 잇달아 글을 써야겠다고 마음먹은 데는, 다음과 같은 이유가 있다.

'살아 있자고 생각했으니까.' 나는 생업에 힘써야 하지 않겠는가. 간단한 이유다.

나는 요 4~5년 동안 이미, 공짜 소설을 일곱 편이나 발표했다. 공짜란, 돈을 받지 않았다는 말이다. 하지만 이 일곱 편은 저마다, 내 생애 소설의 견본 역할을 해냈다. 발표 당시에야 목숨을 걸 만치 의욕도 넘쳤지만, 결과를 봐서는, 난 그저 저널리즘에 일곱 편의 견본을 제출한 데 불과한 셈인 듯하다. 내 소설을 사려는 이가 나타났다. 팔았다. 팔고 나서 생각했다. 이제 슬슬, 공짜 소설을 쓰는 건 관두자. 욕심이 생겼다.

"사람은 평생, 똑같은 수준의 작품밖에 쓰지 못한다." 콕토*의 말로 기억한다. 오늘의 나 또한, 이 말을 방패로 삼는다.

한 작품 더 봅시다, 한 작품 더 봅시다. 들썩거리는 시장의 부름에 나는 대답한다. "똑같은 거야. — 무대를 줘 봐. — 내가 마음에 들 테지. — 그립거든 찾아오도록! 나는 봉투 안에서 일곱 편의 견본을 꺼내, 한 번 더 보여 줄 따름이다. 나는 그 일곱 편에 흩뿌려진 내 피와 땀에 대해선 말하지 않는다. 보면 절로 알게 마련이다. 이미, 이미 내겐 선택받을 자격이 있어." 사 주는 이가 없으면 어떡하지?

나는 욕심이 생겨 온갖 일에 쩨쩨해지고, 공짜로 소설을 발표하기가 아까워졌다. 그런데 만약 사러 오는 사람이 없다면 조만간 내 이름은 점점 모두에게 잊혀 가고, 분명 죽었을 테지, 라며 어둠침침한 어묵 가게 같은 데서들 수군수군하겠지. 그래서는 나의 생업이고 뭐고 없다. 이리저리 고민하다, '생각하는 갈대'라는 제목으로 달마다 혹은 격월 정도로 대여섯 장씩 다양한 이야기를 써 나가야겠다, 이렇게 정리했다. 여러분에게 잊히지 않도록 나의 공부하는 열심을 때때로, 슬쩍 엿보이자, 라는 야비한 꿍꿍이속인 듯하다.

허영의 도시

데카르트의 『격정론』은 명성에 비해 재미없는 책인데, "숭배란 나에게 이익되는 바가 있기를 간절히 바라는 심사를 말한다."라고 쓰여 있다. 데카르트가 영 멍청이는 아니로군,

---

* Jean Cocteau(1889~1963). 프랑스 시인, 소설가, 영화감독, 극작가. 다양한 예술 작품을 선보였으며 문화 전반에 영향력을 발휘했다.

생각했지만, '수치(羞恥)란 나에게 이익되는 바가 있기를 간절히 바라는 심사를 말한다.' 혹은 '경멸이란 나에게 이익되는 바가 있기를 운운.' 이런 식으로 닥치는 대로 감정을 '나에게 이익이 되는 운운' 구절에 박아 넣고 말해 봐도, 그다지 볼품없는 표현은 아니다. 차라리 '어떤 감정이건 자신이 귀여우니까 일어난다.'라고 말해 버린들, 어쩐지 하나의 이치로 새롭게 들린다. 헌신이라든가 겸양, 의협심 같은 미덕이 자신을 위한 욕심이라는 걸, 마치 불알이나 무엇인 양 오직 기를 쓰고 숨기기만 한 탓에, 지금 엉터리로 '자신을 위해'라고 말해도 "아아! 혜안입니다." 하고 탄복하는 일이 없다곤 할 수 없는 사태에 이르는 터라, 데카르트, 딱히 탁견을 말한 건 아니다. 사람은 나약함, 멋 부려 표현하자면, 어깨의 나뭇잎 흔적일 성싶은 자리에 쏘아 넣은 화살을 진실이라 부르며 격찬한다. 하지만 그런 뻔한 나약함에 쏘아 넣기보다는, 그걸 알면서도 일부러 그 자리를 빗맞혀서 상대가, 알고 있네! 하고 알아채게 하고선 자신은 어디까지나, 몰라서 그르쳤다고 중얼거리며 정말로 알지 못했다는 듯 구는 것도 재미있지 않은가. 허영의 도시의 자긍심도 여기에 있다. 이 도시에 모이는 이들 모조리, 탐하여 처먹기가 돼지와 같고, 맹렬하기가 비비*와 같으니, 무릇 자신에게 이익되는 바가 있기를 간절히 바라는 심사, 이 도시에 사는 이들보다 강한 자는 없다. 더욱이 헌신, 겸양, 의협심을 과시하고 봉황과 극락조의 빼어남, 화려함을 가장하려는 심사, 이 도시에 사는 이들보다 격렬한 자는 없다. 그리 말

---

* 개코원숭이속에 속한 원숭이를 통틀어 이르는 말. 커다란 송곳니와 강력한 다리로 농작물에 피해를 주며, 무리 지어 움직이므로 위험하다.

하는 나 역시 병자의 낯짝을 하고, 세속의 평 따위, 하며 능청스레 도리질을 해 보이면서도, 속마음은 흡사 야차(夜叉).* 적을 논파하기 위해서 사립 탐정을 10엔 정도로 구해 놓고는 그 논적의 집안이며 가정 환경, 학문, 품행, 질병, 실패 등을 적나라하게 까밝히고서, 그걸 참고하여 슬슬 나의 논진을 가다듬는다. 인과(因果).

"나는 헛되고 터무니없는 이 허영의 도시를 사랑한다. 나는 평생 이 허영의 도시에 살며, 죽을 때까지 온갖 보람 없는 노력을 계속해 나갈 생각이다."

허영의 자식의 이러한 상념을 꾸벅꾸벅 정리해 보다가, 나는 멋들어진 동료를 발견했다. 안톤 반 다이크.** 그가 스물세 살 무렵에 그린 자화상이다. 《아사히 그래프》에 실린 건데, 고지마 기쿠오라는 사람의 해설이 달렸다. "배경은 예의 암갈색. 풍성하고 곱슬곱슬한 금발을 치렁치렁 이마에 늘어뜨렸다. 내리뜬 채 얌전히 바라보는 신경질적이고 날카로운 푸른 눈도, 관능적인 앵두빛 입술도 만만찮다. 여자처럼 곱디고운 피부 아래 아름다운 혈색이, 장밋빛으로 흰히 비친다. 흑갈색 옷에 눈처럼 새하얀 옷깃과 소맷부리. 짙은 쪽빛 비단 망토를 맵시 있게 걸쳤다. 이 그림은 이탈리아에서 그린 것이고, 어깨에 늘어뜨린 금사슬은 만토바 후작의 선물이라고 한다." 또 말하기를 "그의 작품은 언제나 이후의 갈채를 목표로, 병약한 몸에 채찍질하는 그의 허영심의 결정(結晶)이었다." 그럴 테

---

*   불교에서 모습이 추악하고 사람을 괴롭히는 사나운 귀신을 이르는 말.
** Anton van Dyck(1599~1641). 주로 초상화를 그리던 플랑드르 화파의 화가. 이탈리아에 오래 체류한 뒤 영국에서 궁정 화가가 되었다.

지. 당당하게 제 낯짝을 이토록 기이할 만큼 아름답게 꾸며 그려 놓고는, 필시 어느 귀부인에게 엄청난 고가로 팔아 치웠음이 분명한 스물세 살 애송이의 염치없는 뻔뻔스러움을 생각하면 ― 참을 수 없을 정도로 얄미워진다.

패배의 노래

'끌려가는 자의 노래'라는 말이 있다. 여윈 말에 태워져 형장으로 끌려가는 사형수가, 그런데도 자신의 영락한 처지를 보이지 않으려고, 자못 느긋한 척 말 위에서 나직이 흥얼거리는 노래를 뜻한다. 어처구니없는 억지 부림을 조롱하는 말인 듯한데, 문학 따위도 그러하지 않은가. 재빨리, 신변의 윤리 문제부터 이야기를 풀어 보겠다. 내가 말하지 않으면 아무도 말하지 않을 테니, 내가 다음과 같은 당연한 말을 한들 어쩐지 영웅의 말인 양 울려 퍼질지도 모르겠지만, 우선 나는 나의 노모(老母)가 싫다. 낳아 준 부모이건만 좋아할 수 없다. 무지(無智). 이러니 참을 수가 없다. 다음으로 나는 요쓰야 괴담*의 이에몬에게 동정을 느끼는 사람이라는 걸 말해야겠다. 정말이지 마누라의 머리칼이 빠지고 얼굴이 온통 부어올라 고름이 줄줄 흐르는 데다 절름발이, 더구나 아침부터 밤까지 훌쩍훌쩍 울며 매달리는 날엔, 이에몬이 아니더라도 모기

---

*   일본 전통극 가부키의 각본 「도카이도 요쓰야 괴담(東海道四谷怪談)」의 약칭. 이에몬은 사욕에 사로잡혀 아내 오이와를 죽이고 강에 흘려보내지만, 그 망령에 괴로워하다가 지멸한다.

장을 전당 잡히고 놀러 나가고 싶어지려니 생각한다. 다음으로 나는 우정과 금전의 상호 관계에 대해, 다음으로 나는 사제 간 인사에 대해, 다음으로 나는 군대에 대해 얼마든지 말할 수 있지만, 지금 곧장 감옥에 갇히긴 역시 싫으니까 이쯤에서 관두겠다. 요컨대 내겐 양심이 없음을 말하고 싶은 것이다. 처음부터 그런 건 없었다. 채찍 그림자에 대한 공포, 바꿔 말하면 세상으로부터 비난당하지 않을까 하는 염려, 감옥에 대한 증오, 그런 걸 사람들은 양심의 가책이라 부르며 편안해하는 듯하다. 자기 보존의 본능이라면, 마차를 끄는 말이나 집 지키는 개한테도 있다. 하지만 이런 일상 윤리의 뻔한 엉터리를 시치미 딱 떼고 답습해 가는 것, 이 또한 세상의 정겨운 구석이니 혈기가 앞선 멍청한 짓은 그만둬! 라고 같은 집에서 하숙하는 샐러리맨이 내게 충고했다. 아니야. 나는 기분을 다잡고 마음속으로 중얼거린다. 나는 새로운 윤리를 수립하는 거야. 미와 예지를 기준으로 삼은 새로운 윤리를 만드는 거야. 아름다운 것, 영리한 건 죄다 옳아. 추함과 우둔함은 사형이야. 한데, 그렇게 들고 일어나 본들, 나는 무얼 할 수 있었나? 살인, 방화, 강간, 몸을 부르르 떨며 그것들을 동경해도 무엇 하나 하지 못했다. 일어섰다가, 엉덩방아를 찧었다. 샐러리맨은 또다시 나타나, 체념과 나태의 이로움을 늘어놓는다. 누나는, 엄마의 걱정을 생각하렴, 하고 어리석기 짝이 없는 편지를 보내온다. 슬금슬금 나의 광란이 시작된다. 무엇이든 좋아, 남이 하지 말라는 일을 계산 없이 행한다. 눈코 뜰 새 없이 미친 듯 춤추고 날뛰다가, 결국 자살과 입원이다. 그리고 나의 '노래'도 바로 여기서부터 시작되는 듯하다. 끌려가는 자, 몸은 여원 말에게 내맡긴 채, 태평스레 콧노래를 부른다. "나는 신의 의붓자식. 세

22

상사를 미해결로 신의 판정에 맡기는 것을 꺼리지. 깡그리 직접 깔끔하게 결론짓고 싶어. 신은 무엇 하나 나를 도와주지 않았어. 난 영감(靈感)을 믿지 않아. 지성의 장인. 회의(懷疑)의 명인. 일부러 엉망진창 서투르게 써 봤다가, 일부러 영 시시하게 써 봤다가, 신을 두려워하지 않는 의지할 데 없는 아이. 더할 나위 없이 분명히 알고 있지. 아아! 여기서 내려다보니, 다들 어리석고 꾀죄죄하군." 이러고 흥청거리는데, 어라? 형장이 금세 코앞이다. 그리하여 이 남자도 "창조하면서 애처로이, 용감히 몰락해 갈 게 확실해." 차라투스트라가 어슬렁어슬렁 나와서, 쓸데없는 주석을 한마디 덧붙였다.

어떤 실험 보고(報告)

사람은 남에게 영향을 줄 수도 없고, 또한 남에게 영향을 받을 수도 없다.

노년(老年)

누군가의 권유로, 『화전서(花傳書)』*를 읽는다. "서른네다섯 살. 이 무렵의 노(能), 최고점에 이른다. 이때 여러 조목을 깊이 깨달아 통달한다면, 틀림없이 세상의 인정을 받고 명망

---

* 제아미(世阿弥)의 저서 『후시카덴(風姿花傳)』의 통칭. 일본의 전통 가면극 노(能)의 수련, 연출 등에 관한 광범위한 내용을 포함한다.

을 얻으리라. 만약 이 시기에 세상의 인정이 미흡하고 명망도 기대에 못 미친다면, 아무리 기량이 뛰어난들 아직 참된 꽃에 이르지 못한 배우라 할 것이다. 꽃에 이르지 못하면, 마흔부터 노의 기량이 떨어진다. 그것이 나중의 증거가 된다. 그런데 올라가는 건 서른네다섯 무렵까지, 내려가는 건 마흔 이후다. 거듭 말하건대, 이 무렵 세상의 인정을 얻지 못하면 노를 깨우쳤다고 생각하지 말라. 운운." 또 말한다. "마흔네다섯. 이 무렵부턴 대체로 방법을 바꿔야 한다. 가령 세상의 인정을 받고 노의 깊은 뜻을 터득했다 할지라도, 그와 더불어 좋은 조연 배우를 두어야 한다. 노의 기량은 떨어지지 않더라도 기력이 없고, 차츰차츰 나이가 많아지면, 몸의 꽃도, 남의 눈에 비치는 꽃도 사라진다. 매우 수려한 미남이라면 모르겠으나 썩 괜찮은 사람일지라도, 가면을 쓰지 않은 사루가쿠(猿樂)*는 나이 들면 봐 주기 힘들다. 그럭저럭 부적합하게 된다. 이 무렵부턴 그다지 섬세한 흉내는 삼갈 일이다. 대체로 자신에게 어울리는 모습으로 편안하게 애쓰지 말고, 조연 배우가 꽃을 발휘하게끔 상대역처럼 최소한으로 움직여라. 설령 조연 배우가 없더라도, 더욱 섬세하고 몸을 돌보지 않는 노는 하지 말아야 한다. 운운." 또 말한다. "쉰 살 남짓. 이 무렵부터는, 대체로 하지 않는 것 말고는 방도가 없으리라. '준마(駿馬)**도 늙으면 느린 말보다 못하다.'***라는 말이 있다. 운운."

다음은 도손의 말이다. "바쇼*는 쉰한 살에 죽었다. (중략) 이에 나는 깜짝 놀랐다. 노인이다, 노인이다, 하고 소년 시절부터 굳게 믿어 온 바쇼에 대한 내 생각을 바꾸지 않으면 안 된다. (중략) '마흔쯤에 바쇼는 이미 늙은이라는 기분으로 지냈겠지.' 하고 바바 군도 말했다. (중략) 아무튼 내 마음의 놀라움은 지금껏 내 가슴에 그려 온 바쇼의 심상을 10년, 20년이나 젊게 만들었다. 운운."

로한**의 문장에 대해 이러니저러니, 요즘 시끄러운 말들이 있지만, 이는 로한의 『오층탑』이나 『일구검(一口劍)』 같은 예전의 가작을 읽지 않은 사람이 하는 말 아닌가.

『다마카쓰마(玉勝間)』***에도 다음 문장이 있다. "요즘 세상 사람들, 신사(神社)의 한적하고 고색창연함을 귀하게 여기는 것은, 옛 신사가 번창했던 때의 모습을 알지 못한 채, 오직 지금의 대개 오래되고 귀한 신사들이 보기 좋게 낡고 험해진 모습에 낯익어, 오래되고 귀한 신사는 처음부터 이러했으리라고 이해한 탓이니 잘못된 생각이다."

그런데 나는, 노인에 대해 감동한 일이 하나 있다. 해 질 녘 대중목욕탕, 몸 씻는 곳 한쪽 구석에서 혼자 살금살금 움직거리는 노인이 있었다. 가만 보니, 허술한 일본 면도기로 수염을 깎고 있었다. 거울도 없이 어두컴컴한 데서, 더없이 차분하

---

* 마쓰오 바쇼(松尾芭蕉, 1644~1694). 에도 전기의 하이쿠 시인. 방랑의 여정에서 소박한 서민들의 삶과 자연을 노래했다. 많은 시와 기행문을 남기고, 오사카에서 객사했다.

** 고다 로한(幸田露伴, 1867~1947). 소설가, 수필가.

*** 에도 중기의 문헌학자, 언어학자 모토오리 노리나가(本居宣長, 1730~1801)의 수필집.

게 움직거린다. 그땐 정말이지 신음을 내지를 만큼 감동했다. 수천 번 수만 번이라는 경험이, 이 노인에게 거울 없이 손더듬이로 얼굴 수염을 너끈히 깎게끔 가르쳤다. 이러한 경험의 퇴적에, 우리는 물구나무서기를 한들 지고 만다. 그런 생각으로 이후 유심히 살폈더니, 예순 남짓의 집주인 할아버지 또한, 뭐든 척척 모르는 게 없다. 정원수를 옮겨 심는 계절은 장마철이 딱 좋다거나, 개미를 퇴치하려면 이렇게 하면 된다거나, 상당히 박식하다. 우리보다 마흔 번이나 더 많은 여름을 만나고, 마흔 번이나 더 많은 꽃구경을 하고, 어쨌거나 마흔 번, 그보다 더 많은 봄과 여름과 가을과 겨울을 보아 온 것이다. 하지만 유독 예술과 관련해선 그렇게 되지 않는다. '점 찍기 3년, 줄 긋기 10년' 어쩌고 따위 다소 비장한 수업 규칙은, 옛 장인의 무지한 영웅주의에 불과하다. 쇠는 벌겋게 달았을 때 두드려야만 한다. 꽃은 만개했을 때 바라보아야 한다. 나는 만성(晩成)의 예술이라는 걸 부정한다.

난해(難解)

"태초에 말씀이 계시니라. 이 말씀이 하나님과 함께 계셨으니 이 말씀은 곧 하나님이시니라. 그가 태초에 하나님과 함께 계셨고 만물이 그로 말미암아 지은 바 되었으니 지은 것이 하나도 그가 없이는 된 것이 없느니라. 그 안에 생명이 있었으니 이 생명은 사람들의 빛이라. 빛이 어두움에 비치되 어두움이 깨닫지 못하더라.* 운운." 나는 이 문장을, 이 상념을, 난해하다고 생각했다. 여기저기 가지고 돌아다니며 법석을 떨

26

었다.

한데, 어느 순간 문득 각도를 바꾸어 생각해 보니, 웬걸, 이건 참으로 평범한 이야기를 늘어놓고 있을 뿐이잖은가. 그러고 나서 나는 이렇게 생각했다. 문학에서 '난해'는 있을 수 없다. '난해'는 '자연' 속에만 있다. 문학이라는 건 그 난해한 자연을, 제각기 자기류(自己流)의 각도에서 냅다 자르고(자른 척하고), 그 단면의 선명함을 뽐내는 데에 깃들어 있지 않은가.

먼지 속 사람

한산시(寒山詩)를 읽었는데, 불경 같아서 재미없었다. 그 가운데 한 구.

유유자적 먼지 속 사람,
언제나 먼지 속 풍취를 즐긴다.
운운.

'유유자적'은 거짓이다 싶지만, '먼지 속 사람'은 좀 생각하게 했다.

『다마카쓰마』에도 이런 말이 있다.

"대대로 박식한 사람들, 또 요즘 세상에 학문하는 사람들도 모두, 주거지는 마을에서 멀리 떨어진 고즈넉한 산림이 살기에 좋고 바람직하다고 말하지만, 나는 어째선지 그리 여기

---

* 「요한복음」, 1장 1~5절. 『톰슨 대역 한영성경』(기독지혜사, 1989)을 참조했다.

지 않고, 그저 사람 많고 북적대는 곳이 만족스럽다. 그렇듯 속세를 떠난 곳이면 적적하고, 마음도 시들시들해질 것만 같다. 운운."

건강, 그리고 금전적인 조건만 허락한다면, 나도 긴자 한복판의 아파트에 살면서 날마다, 날마다 돌이킬 수 없는 말을 하고, 돌이킬 수 없는 일을 벌이기도 하겠건만. 지금 백사청송(白砂青松)의 땅에서 등의자에 드러누운 내 몸을 꼬집고 있는 처지다. 살기 힘든 세상을 남보다 갑절로 통감하며 참으로 수난의 자식이라 불릴 만한 사토 하루오,* 이부세 마스지, 나카타니 다카오. 이제야 새삼 출가 둔세(遁世)**도 못 한 채 한층 도시 먼지 속에서 발버둥 치고 헐떡이는 모습을 생각하면, ― 아니, 이건 '강 건너 불구경' 같은 이야기가 아니다.

자기 작품의 좋고 나쁨을 남에게 묻는 일에 대하여

자기 작품의 좋고 나쁨은 자신이 가장 잘 안다. 천에 하나라도 스스로 좋다고 인정한 작품이 있다면, 이보다 더 다행스러운 일 있겠는가. 저마다, 제 가슴에 잘 물어보라.

---

* 佐藤春夫(1892~1964). 시인. 소설가. 환상적이고 탐미적인 작품을 펼쳤으며, 대표작으로 『전원의 우울』, 『도시의 우울』 등이 있다.
** 속세를 등지고 불문(佛門)에 들어감.

서간집

어머? 당신은, 당신의 창작집보다 서간집을 더 신경 쓰시는군요. — 작가는 풀 죽어 고개를 떨군 채 대답했다. 네, 저는 지금껏 어지간히도 많이, 어리석은 편지를 여기저기 흩뿌려 왔으니까요. (깊은 한숨을 내쉬고) 대작가는 될 수 없을 테지요.

이건 우스갯소리가 아니다. 내겐 신기하기 짝이 없다. 일본에선 훌륭한 작가가 죽고, 그 후 출간되는 전집에 어김없이 서간집이라는 게 한 권 또는 두 권, 곁들여진다. 서간의 분량이 작품보다 훨씬 많은 전집조차 있는 듯하지만, 그러한 데는 또 특수한 사정이 있을지도 모른다.

작가의 서간, 수첩 쪼가리 그리고 작가 열 살 무렵의 문장, 어릴 적 그림. 내겐, 모조리 시시하다. 고인이 된 작가와 생전에 특별한 친교가 있어, 지금 그 작가를 추모하는 뜻에서, 그가 취미 삼은 그림으로 화집 한 권을 출판해 가까운 친구와 친척에게 나눠 주는 것, 이건 또 별개다. 생판 남이 이러쿵저러쿵 말참견할 일이 아니다. 나는 한 사람의 독자 입장에서, 이를테면 체호프의 독자로서 그의 서간집에서 무엇 하나 발견하지 못했다. 나는 그의 작품 『갈매기』 속 트리고린의 독백을 서간집 이곳저곳 귀퉁이서 어렴풋이 들을 수 있었을 뿐이다.

독자는 어쩌면 여러 작가의 서간집을 읽고서 작가의 어쭙잖기 짝이 없는 민낯을 발견했답시고 우쭐거릴지도 모르겠으나, 그들이 거기서 용케 포착해 낸 건 이 작가도 하루에 세 끼를 먹었다, 저 작가도 밤일을 즐겼다 같은 평범하고 속된 생활 기록에 불과하다. 이미 뻔히 아는 일이다. 그야말로, 말하기조차 촌스러운 이야기다. 그럼에도 불구하고, 독자는 한번 낚아

챈 도깨비 모가지를 풀어 주려고는 않은 채, 괴테는 아무래도 매독이었나 봐, 프루스트 역시 출판사에 연신 굽실굽실했다던데! 고초와 이치요*는 얼마만큼 깊은 사이였을까? 그러고는 작가가 목숨을 건 작품집은 문학의 초보적인 것으로 경시하고, 오로지 일기나 서간집만을 뒤지고 다닌다. 가로되, 장수를 쏘려거든 말을 쏘라. 문학론은 도통 들리지 않고 가는 곳, 가는 곳마다 온통 인물평만 무성하다.

　작가라는 이들 또한 이 현상을 묵시할 수 없으니 작품은 뒷전, 오로지 자신의 서간집을 작성하느라 분주하다. 십년지기에게 보내는 서간이건만, 하카마** 차림에 쥘부채를 들고는 한 글자 한 구절, 활자가 되었을 때의 글자 모양이 주는 효과를 고려하고, 타인이 들여다보고 읽어도 알 수 있게끔 문장에 일일이 쓸데없는 주석을 덧붙이니 그 수고로움이란! 하여, 작품다운 작품은 하나도 쓰지 못하고 공연히 편지 달인이라는 이름만 드높은, 그런 사람마저 나오는 게 아닌가.

　서간집에 쓸 돈이 있거든, 작품집을 한층 멋들어지게 장정하는 편이 낫다. 발표되리라고 예상한 듯한, 또는 예상하지 못한 듯한 어정쩡한 서간 그리고 일기. 개구리를 움켜쥔 듯, 기분이 칙칙하다. 차라리 어느 한쪽으로 정하는 게 그나마 낫다.

　오래전 나는 서간도 없고 일기도 없는, 시 열 편 남짓에 번역 시 열 편 남짓한 괜찮은 유작집을 애독한 적이 있다. 도미

---

* 　바바 고초(馬場孤蝶, 1869~1940)와 히구치 이치요(樋口一葉, 1872~1896)를 가리킨다. 바바 고초는 영문학자, 번역가였으며 평론도 발표했다. 그는 소설가 이치요의 재능을 누구보다 아꼈다.

** 　일본의 전통 의상으로 겉옷 하의. 넉넉하게 주름이 잡혀 있고, 대개 바지처럼 가랑이진 형태이다.

나가 다로*라는 사람의 것인데, 그 가운데 시 두 편, 번역 시 한 편은 지금도 나의 어두운 가슴속에 등불을 밝힌다. 유일무이한 것. 불후의 것. 서간집 속에는 절대로 없는 것.

병법(兵法)

문장 중에서 이 부분은 잘라 내 버리는 게 좋을지, 아니면 이대로 두는 게 좋을지 어찌할 바를 모를 경우에는, 반드시 그 부분을 잘라 내 버려야만 한다. 하물며 그 자리에 무언가를 덧붙여 쓰기 따윈, 당치도 않다고 해야 하리라.

In a word

구보타 만타로인지 고지마 마사지로인지, 누군가의 문장 가운데 분명 읽은 적이 있는 듯한 느낌이지만, 이건 어쩌면 내 착각일지도 모른다. 아쿠타가와 류노스케**가 논쟁 중에 툭하면 "요컨대?" 라는 질문을 연발하여 논적을 괴롭히곤 했다는 회고담이었다. 구보타인지 고지마 씨인지 까맣게 잊어버리고 말았지만, 여하튼 엄청 느긋한 어조였다. 그러하니 저희도 어지간히 질리고 말았는데요, 하는 식의 말투였다. 어찌 알겠는

*   富永太郎(1901~1925). 시인. 화가. 번역가. 폐결핵으로 타계했다.
**   芥川龍之介(1892~1927). 소설가. 대표작으로 「라쇼몬(羅生門)」, 「코」, 「지옥 변」 등이 있다. 그의 갑작스러운 죽음은 학창 시절의 다자이에게 큰 충격을 주었다.

가, 아쿠타가와는 이 '요컨대'를 붙잡고 싶어서 혈안이 되어 뒤쫓고 뒤쫓다가, 끝내 간호사나 아이 돌보미 아가씨조차 거뜬히 할 수 있는 독약 자살을 하고 말았다. 예전의 나 또한 이 '요컨대'를 추구하느라 성급했다. 결단을 원했다. 옆길로 빠져 딴짓하는 즐거움을 알지 못했다. 순환 소수*의 기묘함을 알지 못했다. 움직이지 않는 영원한 진리를, 지금 당장 이 손으로 붙잡고 싶었다.

"요컨대, 좀 더 공부해야 한단 말이지." "우리 서로." 밤새워 논의한 끝에 결국 벌러덩 나뒹굴고, 그런 말로 두 사람은 얼버무린다. 그것이 결론이다. 그걸로 됐다고, 요즘 생각한다.

나는 엄청난 문제에 발을 들여놓고 만 것 같다. 애당초, 이런 말을 하려던 게 아니었다.

In a word라는 소제목으로, 세상 사람들이 셰스토프**를 가짜라는 단 한 마디로 단언하고, 요코미쓰 리이치***를 노마(駑馬)****라는 두 글자로 정리하고, 회의설의 모순을 기껏 두어 마디 말로써 지적하고, 지드*****의 소설은 이류(二流)라며 단칼에 해치우고, 일본낭만파는 고생을 모른다며 걷어차 버리고, 더욱 극심하게는 요미우리 신문의 난감한 평론가처럼

---

* 무한 소수의 한 가지. 소수점 이하의 어떤 자리에서부터 몇 가지 수가 같은 순서로 무한히 되풀이되는 소수. 예를 들면 3.141414……와 같은 것이다.

** 레프 셰스토프(Lev Shestov, 1866~1938). 러시아계 유대인 철학자. 1934년 『비극의 철학』이 일본에서 간행되었고, 한때 지식인 사이에서 유행했다.

*** 橫光利一(1898~1947). 소설가. 가와바타 야스나리와 함께 신감각파 운동을 전개했다. 대표작으로 「기계」, 「상하이」 등이 있다.

**** 느린 말. 재능이 부족한 사람을 비유한다.

***** 앙드레 지드(André Gide, 1869~1951). 프랑스 소설가, 평론가. 대표작으로 『좁은 문』이 있으며, 1947년 노벨 문학상을 수상했다.

한 편의 이야기(나의 「원숭이 섬」)를 한 줄의 풍자와 격언으로 압축하려 애쓰는 등 갖가지 살벌한 꼬락서니를 기술할 생각이었으나, 가을 하늘 탓일까, 문득 마음이 바뀌어 스스로 보기에도 일이 이상해지고 말았다. 이것은 확실히 실패다.

병구(病軀)의 문장과 그 핸디캡에 대하여

분명히 나는 지금, 응석 부리고 있다. 가족은 나를 아직도 환자 다루듯 하고, 이 실없는 글을 읽는 사람들 또한 나의 질병을 알고 있을 터다. 환자이기에, 나는 쓴웃음으로 허용되고 있다.

자네, 몸을 튼튼히 만들어 두게. 작가는 그 전기(傳記) 속에, 어떠한 사회면 기사인들 만들어선 안 돼.

덧붙임. 문예 잡지 《산문(散文)》 10월호 수록, 야마기시 가이시*의 「데카당론」은 세심하게 다듬어진 문장이니, 좋은 글을 만나고 싶은 이는 이걸 읽으라.

「쇠운(衰運)」에 보내는 말

차디찬 물 그득 채우고

---

* 山岸外史(1904~1977). 평론가. 1934년, 다자이 오사무, 단 가즈오 등과 함께 동인지 《푸른 꽃(靑い花)》에 참여했다.

이럴진대 사람들은 모르리라
불 뿜은 산의 흔적인 줄

이는 이쿠타 조코*의 시다. 「쇠운」 독자 여러분께 좋은
암시가 된다면 매우 다행이다.

자네, 이제 한 달 자고 나면 스물다섯, 깊이 자애(自愛)하
여 슬슬 길 없는 길을 나아가는 게 좋아. 그리하여 꺾이지 않
는 드높은 탑을 굳건히 세우고, 그 탑이 여행자를 향해 100년
뒤까지, "여기 남자 있으니 ─ " 하고 반드시 반드시 이야기를
들려주도록 하게. 오늘 저녁 나의 이 말을, 자네, 이대로 고분
고분 받아 주게나.

다스 게마이네에 대하여

지금으로부터 2년 전쯤, 쾨베르** 선생의 「실러론」을 읽
었다. 아니, 누가 읽으라고 권했다. '실러***'는 그 작품에서,
사람의 성(性)으로부터 다스 게마이네(Das Gemeine, 비속함)

---

*   生田長江(1882~1936). 평론가, 번역가. 니체의 작품, 단눈치오의 「죽음의 승
    리」 등을 번역했다.
** 라파엘 쾨베르(Raphael Koeber, 1848~1923). 독일계 러시아인 철학자, 음악
    가. 1893년 일본으로 온 뒤, 도쿄 대학에서 서양 철학, 독일 문학 등을 강의했다.
*** 프리드리히 실러(Johann Christoph Friedrich von Schiller, 1759~1805). 괴
    테와 함께 독일을 대표하는 고전주의 작가, 철학자. 작품마다 새로운 수법과 내
    적 자유를 추구했다.

를 몰아내고 우르즈슈탄트(Urzustand, 본연의 상태)로 되돌렸다. 바로 거기서, 진정한 자유가 태어났다.' 그런 지론을 발견한 거다. 쾨베르 선생은 그 기품 있는 표정으로, "우리는 좀처럼 이 다스 게마이네라는 진흙탕에서 발을 뺄 수 없으니 ― " 하고 탄식했다. 나 또한, 가벼운 한숨을 내쉬었다. '다스 게마이네', '다스 게마이네'. 이 상념의 슬픔이, 내 머리 한 귀퉁이에 달라붙어 떨어지지 않았다.

지금 일본에서 다소나마 우르즈슈탄트에 가까운 작가는 시라카바파(白樺派)*의 귀공자들, 가사이 젠조,** 사토 하루오. 사토, 가사이, 두 사람한테는 자유라 하기보다는 희대의 삐딱쟁이라 하는 편이 자유라는 의미를 더 잘 말해 주니 묘하다. 다스 게마이네는 기쿠치 간***이다. 더구나 우르즈슈탄트건 다스 게마이네건, 그 우열을 지금 당장 여기서 심판하는 일 따윈, 당치도 않다고 해야 하리라. 어느 누구도, 기쿠치 간 씨가 지닌 다스 게마이네의 슬픔을 정면에서 응시하고, 논하는 자가 없음을 나는 슬프게 여긴다. 어떻든 간에, 내 소설 「다스 게마이네」****를 발표하고 며칠 후, 다음과 같이 도통 발신인을 알 수 없는 엽서 한 장이 날아들었다.

---

*   잡지 《시라카바》의 창간과 함께 인도주의, 이상주의를 표방하면서, 다이쇼 문단의 중심축을 이루었다. 미술에도 관심을 기울여, 인상파를 일본에 소개하는 데 기여했다.

**   葛西善藏(1887~1928). 아오모리현 출생. 예술적 신념에 투철한 소설가였으나, 극심한 가난과 병고에 시달렸다.

*** 菊池寬(1888~1948). 작가. 잡지 《문예춘추》를 창간하여 작가의 육성, 문예 보급에 힘썼다.

**** 1935년 7월 발표. 「ダス・ゲマイネ」.

현세의 산 몸에
그대가 그린
소녀 그림
짐짓 가장하고서
마음 쓸쓸하여라

봄꽃과 가을 단풍 어느 것이 아름다우랴, 라는 제목으로.
작자 미상

이름을 밝혀라! 나는 이 시 한 수 때문에 정확히 이레, 여드레, 그저 가슴이 타들어 갈 지경으로 두근두근 나돌아 다녔다. 우르즈슈탄트도 쾨베르 선생도, 알 바 아니다. 결국 나는 일개 감상가(感傷家)에 불과하지 않은가.

금전에 대하여

끝끝내 금전은 최상의 것이 아니었다. 지금 내가 가령 1000엔을 받더라도, 자네가 원한다면 자네에게 주겠네. 남은 건 창공처럼 태고의 모습을 간직한 때 묻지 않은 애정 ─ 그리고 가장 혹독하면서 가장 누긋한 복수심.

방심(放心)에 대하여

삼라만상의 미(美)에 마구 베이고 짓밟히고 혀를 데고 가

습을 태우다가, 남자 홀로, 비틀거리면서도 어느 날 밤 퍼뜩, 어슴푸레 빛나는 한 줄기 길을 발견했다! 굳게 믿고서 벌떡 일어난다. 달린다. 쉬지 않고 연신 내달린다. 한순간 벌어진 일이다. 나는 이 순간을, 방심의 미라 부르련다. 결단코 다스 데모니슈* 탓은 아니다. 사람의 힘의 극치다. 나는 신도 귀신도 믿지 않는다. 인간만을 믿는다. 게곤노타키(華厳の滝)**가 메말랐다 한들, 나는 그리 통탄스럽지 않다. 하지만 배우 우자에몬***의 건강은 기원하지 않을 수 없다. 가키에몬****의 어느 작품 하나엔들 흠집 내지 않도록. 오늘 이후 바로 '인공의 미'라는 말을 사용하는 게 좋다. 아무리 천인(天人)의 옷이라 할지라도, 무봉(無縫)*****이라면 추레하여 볼 수가 없다.

덧붙인다. 이렇듯 완전한 방심 뒤에 찾아오는, 어마어마한 앙뉘******를 자넨 아는지 모르는지.

---

*   독일어 Dämonisch. '악마 같은', '악마를 닮음'이라는 뜻. 사람 마음속에서 자신의 의지를 무시하고 어떤 행동으로 몰아가는 초인적인 힘을 이른다.
**   도치기현 닛코산 속 폭포. 높이 97미터, 너비 7미터 정도이다.
***   이치무라 우자에몬(市村羽左衛門, 1874~1945). 일본 전통극 가부키의 배우.
****   柿右衛門. 사가 아리타의 도공, 그 습명. 에도 전기부터 대대로 가업을 이어받아 오늘날에 이른다.
*****   인공의 솜씨가 없다는 뜻. 천의무봉이란, 흔히 시가 등이 기교의 흔적 없이 자연스럽고 완전함을 이르는 말.
****** 프랑스어 ennui. 권태, 따분함을 뜻한다.

세상살이의 비결

절도를 지킬 것. 절도를 지킬 것.

료쿠우

야스다 군이 말하길, "요즘 료쿠우*를 읽고 있습니다." 료쿠우는 예전에 자신을 쇼지키 쇼다유(正直正太夫)라고 칭한 적이 있다. 야스다 군. 이 과감한 용기에 끌린 건가.

다시 서간에 대하여

친구도 만나지 않고 홀로 이처럼 시골에 있으면, 부끄럼 많은 편지를 쓰는 횟수도 점점 잦아진다. 하지만 일전에, 나는 작가의 서간집, 일기, 조각 글을 깡그리 시시하다고 말해 버렸다. 지금도 그리 생각한다. 좋아! 하고 허락한 내 서간은 내 손으로 발표하련다. 이하, 두 통. (문장 속 조사의 기억 착오는 용서하길.)

야스다 군.

나 역시, 20대야. 혀가 데고 가슴 태우며, 하늘 높이 기러기 소리를 듣고 있지. 오늘 밤, 바람 차가운데 몸 둘 곳 없네.

---

* 사이토 료쿠우(斎藤綠雨, 1867~1904). 작가. 풍자적 평론, 단문에 능했다. '정직하고 바른 사람'이라는 뜻의 쇼지키 쇼다유가 필명이다.

이만.

또 한 통은,

(잠 못 이룬 채 어느 밤, 연상의 지인에게 쓰다.)

슬프게도 그것마저, 허튼소리에 불과했지. 스스로 제 이마를 벽에 들이박고, 이 목숨 끊으려 했어. 슬퍼라, 이 또한 '문장'에 불과해. 자네, 난 각오했지. 나의 예술은, 장난감이 지닌 아름다움과 조금도 다를 바 없음을. 그 덴덴북*의 아름다움과. (한 줄 띄우고) 두견새, 임종 때의 한마디는 "죽더라도, 교언영색(巧言令色)**이기를!"

이 밖에 세 통, 신경 쓰이는 서간이 있지만, 그것에 대해선 훗날 또 기회가 있으리라. (없을지도 모른다.)

덧붙임. 문예 잡지 《비망(非望)》 제6호 수록, 데카타나 히데미쓰***의 「하늘에 부는 바람」은 읽어 볼 만한 작품이다. 문장 구사 면에서 좀 더 은근히 엄혹한 부분이 있었다면, 한층 나무랄 데 없었으련만.

---

* 유아용 장난감 북. 양쪽에 방울이나 구슬을 매단 끈이 달려 있다.

** 남의 환심을 사려고 번지르르하게 발라맞추는 말과 알랑거리는 낯빛.

*** 出方名英光(1913~1949). 소설가 다나카 히데미쓰(田中英光)를 가리킨다. 다자이 오사무에게 사사했으며, 다자이 사후, 그 묘 앞에서 자살했다. 대표작으로 「올림포스의 열매」가 있다.

생각하는 갈대 (2)

제멋대로라는 것

문학을 위해 제멋대로 군다는 건 좋은 일이다. 사회적으로는 20엔 30엔조차 제멋대로 못 하는데, 새삼스레 무슨 문학인가.

백화요란주의(百花撩亂主義)[*]

후쿠모토 가즈오,[**] 대지진, 수상 암살, 그밖에 엉망진창인 일들, 수천여 가지. 나는 소년기, 청년기에 이를테면 '보지 말아야 할 것'만 이 눈으로 보고, 이 귀로 듣고 말았다. 스물일

---

[*] 백화요란은 온갖 꽃이 흐드러지게 피어난다는 뜻이다.

[**] 福本和夫(1894~1983). 1924년 이후, 일본공산당의 재건을 지도했으나 1927년 실각한 뒤, 14년 동안 수감되었다.

고여덟 살을 한도로, 이보다 젊은 청년들 모두가 입 밖에 낼 수 없는, 남모르는 괴로움을 겪고 있다. 이 몸을 어디에 둘 것인가. 이조차 스스로 알지 못한다.

여기에 넘지 말아야 할 굵고도 새까만 선이 있다. 제너레이션이, 무대가, 조금씩 돌아가고 있다. 저편과 이편이 서로 통하지 않는 엄숙한 슬픔, 아니 오열마저, 내겐 느껴진다. 우리는 기나긴 여행을 했다. 막다른 궁지에 내몰려, 여행의 한뎃잠 머리맡 한 송이 꽃을, 일본낭만파라 이름 지어 보았다. 이 외곬의 길. 죽림칠현(竹林七賢)*도 대숲 밖으로 나와서 간신히 아사를 면한 처지, 좋구나, 스스로 기려 말한다. "나는 꽃이면서, 꽃 가꾸는 사람. 나 아직 알맞은 시기를 알지 못하네. Alles oder Nichts."**

또 말한다. "책략의 꽃, 좋다. 수사(修辭)의 꽃, 좋다. 침묵의 꽃, 좋다. 이해의 꽃, 좋다. 흉내의 꽃, 좋다. 방화(放火)의 꽃, 좋다. 우리는 항상 자신이 내뱉는 한 마디 한 마디에 굳센 책임을 지닌다."

아아! 이 화원의 기이함이여.

이 화원의 야릇한 아름다움의 비결을 묻는다면, 그 꽃 가꾸는 사람이자 꽃인 한 사람, 한 줄기 가을바람을 불러 대답하련다. "우리는, 언제라도 죽습니다." 한 마디. 두 마디라면 구질구질하다.

꽃은 띄엄띄엄 어지러이 하나하나 흐드러지게 피어나,

---

* 중국 진(晉)나라 초기에 노장의 무위 사상을 숭상하며 죽림에 모여 청담으로 세월을 보낸 일곱 명의 선비.
** 독일어로 '전부 아니면 전무'라는 뜻이다.

"살아 있는 것을 사랑하라!" "난 새롭지 않아. 하지만 결코 낡지도 않아." "목숨을 걸었다면, 모두 다 고귀하다." "결국 인간은, 더불어 이야기를 나눌 만한 상대가 못 돼." "이해할 수 없는 건 도손*의 표정." "아니, 그 일에 대해선 제가." "아니, 나야. 나야." "사람은 사람을 비웃어선 안 돼." 운운.

일본낭만파, 단결하라! 이게 아니다. 일본낭만파, 그리고 그 지지자 각각의 개성이야말로 중대한 것이라 여기며 어떠한 모멸도 허용하지 않고, 또한 각각의 삶의 방식과 작품의 특수성까지, 죽을지언정 양보하지 않는 긍지를 지니고, 여러 나라 구석구석에 이르기까지 요란(撩亂)하라! 이것이다.

솔로몬왕과 천민

나는 태어났을 때에, 가장 출세해 있었다. 돌아가신 아버지는 귀족원 의원이었다. 아버지는 우유로 낯을 씻고 있었다. 남겨진 아이는 점차 볼품없이 찌부러졌다. 문장을 써서 돈으로 만들 필요.

나는 솔로몬왕의 바닥 모를 우수, 천민의 상스러움, 양쪽 모두 알고 있을 터다.

---

* 시마자키 도손(島崎藤村, 1872~1943). 시인, 작가. 자전적 작품으로 일본 자연주의 문학을 대표한다. 『파계(破戒)』, 『신생(新生)』 등을 남겼다.

문장

문장에 좋고 나쁨의 구별, 분명히 있다. 용모, 자태와 같은 것일까. 숙명이다. 도리가 없다.

감사의 문학

일본에는 '방심은 금물'이라는 말이 있는데, 언제나 인간을 으슬으슬 움츠러들게 한다. 예술의 기량은 일정 레벨까지 당도하고 나면, 이제 결코 나아지지도 않는 데다 그다지 떨어지지도 않는 듯하다. 의심하는 이는 시가 나오야,* 사토 하루오 들을 보면 된다. 그것 또한, 괜찮다고도 여긴다. (도손에 대해선, 항목을 달리해 쓸 예정.) 유럽의 대작가는 쉰 지나고도, 예순 지나고도, 그저 분량으로 나아간다. 매너리즘의 퇴적이다. 메밀국수건 우무건 수북이 쌓아 놓으면, 정말이지 멋지겠다 싶다. 도손은 유럽 사람인지도 모른다.

하지만 감사를 위해, 나는 어쩌면 돈을 위해, 어쩌면 자식을 위해, 어쩌면 유서를 위해 고생스레 쓰고 있는 데에 불과하다. 남을 비웃지 못하고 자신만을, 이따금 비웃는다. 머지않아, 나쁜 문학은 덜컥 읽히지 않게 된다. 민중이라는 혼돈의 괴물은, 그런 면에서 정확하다. 특출하게 빼어난 작품을 쓰고

---

* 志賀直哉(1883~1971). 소설가. 잡지 《시라카바(白樺)》를 창간. 간결한 문체가 특징이며 '소설의 신'이라는 별칭을 얻기도 했다. 대표작으로 『기노사키(城の崎)에서』, 『화해(和解)』, 『암야행로(暗夜行路)』 등이 있다. 1949년, 문화 훈장을 수상했다.

는 '내 할 일 끝났도다.'라며 청경우독(晴耕雨讀),* 그날그날을 살아가는 좋은 작가도 있다. 일찍이 축복받은 사람. 단테의 지옥편을 지나 천국편까지 음미할 수 있었던 사람. 또한 파우스트의 메피스토펠레스** 시늉만 하고 그레트헨***의 존재조차 잊어버린 복수의 작가도 있다. 나는 어느 쪽인들 심판할 수 없지만, 이것만은 말할 수 있다. 창문 열리다. 선한 부부. 출세. 귤. 봄. 결혼까지. 잉어. 아스나로**** 등등. 살아 있음에 대한 감사의 마음으로 가득한 소설이야말로, 불멸성을 띤다.

심판

남을 심판하는 경우. 그것은 자신에게 송장을, 신(神)을, 느끼고 있을 때다.

무간나락(無間奈落)*****

힘껏 밀어도 잡아당겨도 꿈쩍 않는 문짝이, 이 세상에 있다. 지옥의 문조차 냉담히 빠져나간 단테도 이 문짝에 대해서

---

* 　　맑은 날은 바깥으로 나가 밭을 갈고, 비 오는 날은 집에서 책을 읽는 것.
** 　　Mephistopheles. 독일의 파우스트 전설에 등장하는 악마의 이름. 괴테의 『파우스트』에서는 유혹자로 묘사된다.
*** 　　Gretchen. 괴테의 『파우스트』에 나오는 비극적인 사랑의 주인공.
**** 측백나뭇과에 속하는 일본 특산의 상록 교목.
***** 팔열 지옥 가운데, 고통이 간극 없이 계속되는 아비지옥.

는, 이야기하길 삼갔다.

여담(餘談)

여기서는 「오가이*와 소세키**」라는 제목으로, 오가이의 작품이 도무지 정당하게 평가받지 못하는 데 반해, 속되고 속된 나쓰메 소세키의 전집은 더욱더 화사해지는 세태가 눈물겹도록 분한 마음에, 참고가 될 노트나 책을 살펴보았지만, '나'는 주눅이 들어 글이 제대로 되지 않았다. 이날 밤, 한숨도 이루지 못했다. 아침이 되어, 마침내 해결을 보았다. 해결인즉슨, 시간문제야. 그들의 스물일곱 살 겨울은, 운운. 묘하게 외곬으로 생각하다 보면, 언제나 해결은 이러하다.

차라리 지금은 기자 여러분과 화롯가를 에워싸고, 저널이라는 것의 슬픔에 대해 이야기해 볼까.

나는 매일 아침, 신문 지면에서 여러분의 서명 없는 문장과 사진을 보노라면, 슬픈 느낌이 든다. (때로는 불쾌해지기도 한다.) 이거야말로 한 번 읽고는 내버려지고 잊히고 마는, 단지 그걸로 끝인 듯한 느낌에, 덧없는 걸 보는구나 싶어진다. 하지

* 모리 오가이(森鷗外, 1862~1922). 도쿄 대학 의과대 출신. 군의관으로 유럽 유학을 했다. 문예에 조예가 깊어 서구 문학을 번역 소개하는 한편, 창작과 비평 활동을 펼쳤다. 대표작으로 『기러기』, 『아베일족(阿部一族)』, 『다카세부네(高瀬舟)』 등이 있다.
** 나쓰메 소세키(夏目漱石, 1867~1916). 도쿄 대학 졸업. 영문학자, 소설가. 1900년 영국 유학을 다녀온 뒤 도쿄 대학 강사를 거쳐 아사히 신문사에 입사, 전속 작가로 소설을 연재했다. 대표작으로 『나는 고양이로다』, 『마음』, 『행인』 등 다수가 있다.

만 "이런 게 세상이지."라는 속삭임이 들린다면, 난 "과연!" 고개를 끄덕일지도 모를 기척마저 느낀다. 흐르는 물은 두 번 다시 돌아오지 않는다고 한다. 생생유전(生生流轉)*이라는 말도 있다. 이 세상에 태어난 것이 무릇, 잘못된 발단임을 알아야하리.

Alles Oder Nichts

입센의 연극에서 시작되어 조금씩 유럽인들의 입길에 오른 이 말이, 흐르고 흘러 지금은 신문사 당선작으로 별 신통치 않은 장편 소설 속까지 쉽사리 들어앉은 걸 얼핏 보고, 나 자신, 조롱당했다는 생각에 발끈 화가 치밀었다. 내 사념의 바닥 깊숙이 한 줄기 졸졸 흐르는 시냇물 역시, 이 말이었으니까.

나는 소학생 때도 중학생 때도, 반에서 수석이었다. 고등학교에 들어가서는, 3등으로 미끄러졌다. 나는 일부러 방법을 궁리하여 반에서 맨 꼴찌로까지 미끄러졌다. 대학에 들어가선, 프랑스어가 서툴러 굴욕을 예감한 탓에, 거의 학교에 나가지 않았다. 문학에서도 나는, 그 누구의 업신여김도 허용할 수 없었다. 완전히 나의 패배를 의식한다면, 나는 문학마저, 그만둘 수 있다.

하지만 나는 어떤 문학상의 후보자로서, 내게 한마디 통지도 없이, 더구나 내가 쭈르륵 미끄러진 사실까지 덧붙여 세상에 발표되었다. 사람이 저마다 지닌 굳센 자존심의 한도를

* 만물은 영원히 생사를 되풀이하며, 끊임없이 변화해 간다는 뜻이다.

헤아려 주시라. 그런데 수상자의 작품을 일독하고 나서, 고백하건대, 나는 남몰래 안도했다. 난 패배하지 않았어. 나는 써 나갈 수 있어. 그 누구에게도 허용하지 않는 나 혼자만의 길을 걸어갈 수 있다는 확신.

나는 어린 시절, 준엄하고 혹독한 선친 그리고 맏형에게 호되게 단련되었다. 나 또한 인간으로서 다소 완고한 면이 있고, 문학에서는 단연코 이기적인 댄디즘을 신봉하여, 십년지기 친구조차 섣불리 터놓지 않았다. 죽어서도 깃발을 오른손에 든 채 부득부득 이를 갈면서 거리를 비칠비칠 걷는 내 처지의 집요한 업마저 느낀다. 하루아침에 생활이 망가지고 급기야 만사가 궁지에 내몰린 끝에, 귀청을 찢는 소리와 함께 내 처지는 사카이 마히토(酒井眞人)와 다름없이 《문예방담(文藝放談)》. 그것은커녕 《문예똥담(文藝糞談)》. 이런 잡지를 생업으로 삼아 어떤 괴로움이든 무릅쓰고 살아 나갈지도 모른다. 수재 하자마 간이치,* 면학을 중단하고 부유한 대금업에 뜻을 두었다는 테마는 현재의 가지가지 신문 소설보다도 한층 절실한 세상 단면을 보여 준다.

나는 지금 스스로 기꺼이, 자네의 슬픈 갱지에 내 심장을 움켜잡아 들어낸 시를 적으련다. 내가 웬만해선 남에게 절대로 내보이지 않았던, 소중한 미발표 시 한 편.

덧붙인다. 그저 갱지라는 이유만으로 내가 적는 것이려니 생각하지 말라. 원고지 두 장에 갈겨쓴 자네의 편지를 읽고, 이를테면 쓰레기통 속의 연꽃을 확실히 느꼈기 때문이다. 자네 또한 그리스도의 고통을 괴로워하고, 쇠락한 보들레르의

---

* 間貫一. 오자키 고요의 소설 『금색야차(金色夜叉)』에 나오는 주인공 이름.

자태에 가슴을 태우고, 애태우고, 분명히 나와 우열을 가리기 힘든 좋은 작품을 한두 편 쓴 적이 있으리라 짐작했기 때문이다. 다만 내가 쓰는 건, 이번 한 차례뿐이다. 난 어떤 사람하고도, 친숙해지는 건, 싫다.

인과(因果)

과녁 쏘기를

즐기는

머리 큼지막한

남동생.

형은, 언제든, 생명을, 주련다.

가와바타 야스나리*에게

당신은 《문예춘추》 9월호에 나에 대한 험담을 쓰셨다. "전략(前略). —— 역시나, 「어릿광대의 꽃(道化の華)」**이 작자의 생활이며 문학관을 가득 담고 있으나 사건으로는, 작자의 당장 현 생활에 언짢은 구름 있어, 재능이 올곧게 드러나지 못한 아쉬움이 있다."

서로 서투른 거짓말은 하지 않기로 하지요. 나는 당신의 문장을 서점 앞에서 읽고, 몹시 불쾌했다. 이걸 보자면, 마치 당신 혼자서 아쿠타가와상을 결정한 듯 여겨집니다. 이건, 당신의 문장이 아니다. 분명 누군가 시켜서 쓴 문장이 틀림없어. 더구나 당신은 그걸 공공연히 일부러 내보이는 노력마저 하고 있다. 「어릿광대의 꽃」은 3년 전, 내가 스물네 살 여름에 쓴 것이다. 「바다」라는 제목이었다. 친구 곤 간이치, 이마 우헤이

---

* 川端康成(1899~1972). 소설가. 신감각파 운동을 전개하며 독자적 미의 세계를 구축했다. 대표작으로 『이즈의 무희』, 『설국(雪国)』, 『명인(名人)』, 『손바닥 소설』 등 다수가 있다. 1968년. 일본인 최초의 노벨 문학상을 수상했다.

** 1935년. 《일본낭만파(日本浪曼派)》에 발표. 『만년』에 수록.

가 읽어 주었는데, 그건 현재의 글에 비하여 굉장히 소박한 형식으로, 작중 '나'라는 남자의 독백 같은 건 아예 없었다. 이야기만을 반듯하니 다듬어서 정리한 거였다. 그해 가을, 지드의 도스토옙스키론(論)을 이웃 아카마쓰 겟센 씨한테 빌려 읽고 곰곰이 생각하다, 나의 그 원시적인 단정함까지 지닌 「바다」라는 작품을 갈기갈기 난도질하여, '나'라는 남자의 얼굴을 작중 여기저기 출몰시키고는, 일본에 아직 없는 소설이라며 친구들에게 뽐내며 다녔다. 친구 나카무라 지혜이, 구보 류이치로, 그리고 이웃 이부세 씨도 읽어 주었는데, 평판이 좋았다. 기운을 얻어, 한층 손질하여 흔적 없이 지우고 보태어 쓰고, 다섯 차례 남짓 거듭 정서했다. 그러고는 소중하게 벽장의 종이봉투 안에 넣어 두었다. 올해 정월 무렵, 친구 단 가즈오가 그걸 읽고, 이건, 자네, 걸작이야. 어딘가 잡지사에 들고 가서 부탁해 봐. 난 가와바타 야스나리 씨에게 부탁하러 가 볼게. 가와바타 씨라면, 분명 이 작품을 알아줄 게 틀림없어, 라고 했다.

얼마 안 가 나는 소설의 막다른 길에 몰려서, 이를테면 '들판의 비바람 속 백골'을 마음에 두고, 여행을 떠났다. 그것이 자그만 소란을 일으켰다.

형한테서 그 아무리 심한 욕으로 비난받아도 좋으니, 5백 엔만 빌리고 싶다. 그리고 한 번 더, 해 보자. 나는 도쿄로 돌아왔다. 친구들이 애를 써 준 덕분에 나는 형한테서, 앞으로 2, 3년 동안, 매달 50엔의 돈을 받을 수 있게 되었다. 곧바로 셋집을 찾으러 돌아다니던 중에, 나는 맹장염을 앓고 아사가야의 시노하라 병원에 수용되었다. 고름이 복막으로 새어 나왔는데, 살짝 때늦었다. 입원은 올해 4월 4일의 일이다. 나카타니 다카오가 병문안을 왔다. '일본낭만파'*에 들어가자. 그 기념 선물로 「어릿광대의 꽃」을 발표하자. 그런 이야기를 했다. 「어릿광대의 꽃」은 단 가즈오가 가지고 있었다. 단 가즈오는 여전히 가와바타 씨에게 들고 가면 좋을 텐데, 라고 주장했다. 나는 절개한 복부의 통증으로, 꼼짝도 할 수 없었다. 그 사이 나는 폐가 나빠졌다. 의식 불명의 나날이 이어졌다. 의사가 책임질 수 없다고 말했다며, 나중에 아내가 일러 주었다. 꼬박 한 달, 그 외과 병원에 내내 누운 채로, 고개를 들어 올리는 것조차 가까스로 했다. 나는 5월에 세타가야구(區) 교도의 내과 병원으로 옮겨졌다. 이곳에 두 달 있었다. 7월 1일, 병원의 조직이 바뀌고 직원도 전부 교체한다 어쩐다. 환자도 다들 거의 내쫓기는 처지였다. 나는 형 그리고 형의 지인인 기타요시 시로라는 양복점 주인, 두 사람이 의논하여 정해 준 지바현 후나바시 지역으로 옮겨졌다. 온종일 등의자에 엎드려 누워 지내고, 아침저녁 가볍게 산책한다. 일주일에 한 번씩, 도쿄에서 의사가 온다. 그런 생활이 두 달 남짓 이어지다가, 8월 말, 서점 앞에서 《문예춘추》를 읽는데 거기, 당신의 문장이 있었다. "작자의 당장 현 생활에 언짢은 구름 있어, 운운." 정말이지, 나는 분노로 타올랐다. 며칠 밤이고 잠을 이루지 못했다.

작은 새를 기르고, 춤을 보는 것이 그토록 훌륭한 생활인가? 찌른다. 그런 생각도 했다. 대(大)악당이라고 생각했다. 그러다가, 퍼뜩 나에 대한 당신의 넬리** 같은, 자깝스럽고

---

* 1930년대 후반, '일본 전통으로의 회귀'를 제창한 문학 사상. 같은 이름의 동인지는 1935년 3월 창간, 3년 후 폐간되었다.

** 도스토옙스키 장편 소설, 「상처받은 사람들」에 등장하는 소녀 이름.

뜨거운, 강렬한 애정을 내내 깊숙이 느꼈다. 그렇지 않아. 그렇지 않아, 하고 고개를 저었지만, 그, 차가운 척 가장하면서도, 도스토옙스키풍의 격렬히 얼크러진 당신의 애정이 내 몸을 화끈화끈 달아오르게 했다. 그리고 그건, 당신이 전혀 눈치채지 못한 일이다.

나는 지금, 당신과 '지혜 겨루기'를 하려는 게 아닙니다. 나는, 당신의 그 문장 가운데 '세상'을 느끼고, '금전 관계'의 애달픔을 감지했다. 나는 그걸 한결같은 몇몇 독자에게 알리고 싶을 뿐입니다. 그건 알리지 않으면 안 되는 일입니다. 우리는, 이미 슬슬, 인종(忍從)이라는 미덕을 의심하기 시작한 것이다.

기쿠치 간 씨가 "이럭저럭, 그래도 괜찮았어. 무난하고 괜찮았어." 하고 싱글벙글 웃으면서 손수건으로 이마의 땀을 훔치는 광경을 떠올리면, 나는 절로 미소를 짓는다. 정말로 괜찮았다고 여겨진다. 아쿠타가와 류노스케를 조금 가엾다고 생각했지만 뭐, 이것도 '세상'이지. 이시카와* 씨는 훌륭한 생활인이다. 그런 점에서 그는 깊이 맞닥뜨리면서 힘쓰고 있다.

다만 나는 유감스럽다. 가와바타 야스나리의, 아무렇지 않은 척 가장하고, 끝까지 가장할 수 없었던 거짓말이, 유감스럽기 짝이 없다. 이렇게 될 건 아니었다. 분명히, 이렇게 될 일이 아니었다. 당신은, 작가란 '얼간이' 속에서 살아가는 자라는 사실을, 좀 더 뚜렷이 의식하고 나서야만 한다.

---

* 이시카와 다쓰조(石川達三, 1905~1985). 소설가. 「창맹(蒼氓)」으로 제1회 아쿠타가와상을 수상했다.

1936

생각하는 갈대 (3)

갈대의 자계(自戒)*

첫째, 오직 세상에만 시선을 향하라. 자연 풍경에 탐닉한 내 모습을 자각했을 때는, "나, 늙고 지쳤구나." 하고 순순히, 패배의 고백을 하라.

둘째, 똑같은 말을 기필코, 두 번 되새김하여 입 밖에 내지 말 것.

셋째, "아직 아니야."

감상(感想)에 대하여

감상이라니! 동그란 달걀도 어떻게 자르느냐에 따라 멋진 사각형이 되지 않던가. 살포시 눈을 내리뜨고 앙증맞게 입

---

* 스스로 경계하고 삼가는 것.

을 오므려 귀여운 척할 수도 있고, 지금 막 다카마가하라(高天原)*에서 찾아온 원시인 그대로의 소박함을 흉내 낼 수도 있다. 내게 단 한 가지 확실한 것은, 나 자신의 육체다. 이렇게 누워, 열 손가락을 본다. 움직인다. 오른손 집게손가락. 움직인다. 왼쪽 새끼손가락. 이것도 움직인다. 이걸 잠시 응시하고 있노라면, "아아! 나는, 진짜다."라고 생각한다. 다른 건 모두, 뭐든 모조리, 이리저리 찢기어 흩어지는 구름인가 싶어, 살아 있는 건지 죽은 건지, 이조차 분명하지 않다. 용케도, 용케도! 감상 따위를.

먼 데서 이 모습을 바라보는 남자 한 사람 있어 말하길, "아주 간단해. 자존심. 이거 하나야."

……조차도

『긴카이슈(金槐集)』**를 읽은 사람은 알고 계실 테지만, 사네토모의 노래 가운데 '……조차도'라는 구절이 있었다. 앞뒤를 분명히 기억 못 하지만, '아아! 짐승조차도' 운운, 그런 노래였던 것 같다.

20대의 심정으로선 기어코 '……조차도'라고 말해야만 하는 대목이다. '여기까지 힘껏 노력해 ……조차도', 라고 절로 말하고 싶어지지 않는가. 사네토모를 가장 깊이 알았던 마

---

*   일본 신화에서 신들이 사는 천상(天上)의 나라.
**   가마쿠라 막부의 3대 쇼군, 미나모토노 사네토모(源実朝, 1192~1219)의 와카 집이다.

부치(眞淵), 일본어를 지키는 의미에서 이 구절을 언급하지 않았다. 이제는 어느 쪽이건 좋은 일을 했다고 여길 뿐, 딱히 마부치를 탓하지 않는다.

자안(慈眼)*

'자안'이란 죽은 형의 유작(묘한 불상)에 형이 스스로 붙인 이름이다. 높이 두 자 남짓한 푸른빛 그 불상은 지금 내 방 한 구석에 놓여 있는데, 스물일곱 살, 죽은 형의 마지막 작품이다. 스물여덟 살 여름에 죽었으니까.

그러고 보니 난 지금, 스물일곱 살. 더구나 죽은 형의 유품인 쥐색 줄무늬 기모노를 입고 누워 있다. 2, 3년 전, 죄 없는 이를 때리고 발길질로 내쫓고 망아지처럼 거리를 미쳐 날뛰었는데, 지금도 여전히 이따금, 채 꺼지지 않은 불씨가 폭발하여 돌이킬 수 없는 짓을 벌이고 만다. 될 대로 되라지! 온종일 거드름스레 버티고 누워 있노라면, 내 몸에 자안의 물결이 너울너울, 말도 없이 싱글벙글, 이른바 에비스 얼굴**이 되어 있는 경우가 많다. 스스로 생각해 봐도, 정말이지 어처구니가 없다.

근래 요만한 일뿐이니, 독자는 쓸데없는 구실을 달지 않는 게 좋다.

* 부처, 보살의 자비로운 눈.
** 에비스처럼 벙글거리는 얼굴. 에비스는 칠복신 중 하나로, 바다와 어업, 장사 번창의 수호신이다.

중대한 것

안다는 건 최상의 무엇이 아니다. 인간의 지혜에는 한계가 있으니, 위로는 —— 씨, 아래로는 —— 씨에 이르기까지, 죄다 어슷비슷함을 알아야 한다.

중대한 건, 힘이리라. 미켈란젤로는 그런 일을 안 해도 되는 풍족한 신분이었음에도, 남의 손을 전혀 빌리지 않고 뭐든 저 홀로 해냈으며, 대리석 덩어리를 산에서 동네 작업장까지 끌어 옮기느라 그만, 몸을 엉망진창 망가뜨리고 말았다.

부언한다. 미켈란젤로는 사람을 싫어한 탓에, 그토록 사람들에게 미움받았다고 한다.

적(敵)

나를 진실로 부정할 수 있는 이는, (나는 11월의 바다를 바라보며 생각한다.) 농민이다. 10대째 이어져 온 소작농, 그뿐이다.

니와 후미오.* 가와바타 야스나리, 이치무라 우자에몬, 그 외. 나로선, 감기 하나 걸리기만 해도 마음 쓰인다.

덧붙임. 잡지 연재 중, 고향 친구인 곤 간이치 군의 「바다갈매기의 장(章)」을 읽고, 그 상쾌한 문장에 내 가슴이 마구 설레었다. 이 멋들어진 문장이 나아갈 행선지를 지켜보는 이, 결코 나 혼자만이 아님을 확신한다.

---

*   丹羽文雄(1904~2005). 소설가. 문화 훈장을 수상했다.

건강

아무것도 하고 싶지 않다는 무의지(無意志) 상태는, 그 사람이 건강하기 때문이다. 적어도 페인리스(painless)* 상태다. 그렇다면 위로는 나폴레옹, 미켈란젤로, 아래로는 이토 히로부미, 오자키 고요에 이르기까지 그 모든 작업은, 모조리 미치광이 상태에서 비롯한 것인가? 그렇다. 틀림없다. 건강이란, 만족스러운 돼지. 졸린 얼룩 강아지.

K군

쭈뼛쭈뼛, 엄청난 비밀을 더듬어 살피듯, 어마어마한 몸짓으로 내게 물었다. "당신은, 문학을 좋아합니까?" 나는 잠자코 대답하지 않았다. 그저 용모는 늠름한 구석이 있었지만, 아무런 지식도 없는 열여덟 살 소년이었다. 내겐, 유일무이의 버거운 상대였다.

포즈(pose)

애당초, 공허한 주제에, 히죽히죽 웃는다. '공허한 척.'

---

* 아픔이나 고통 없는.

그림엽서

이런 점에서, 나와 야마기시 가이시는 서로 다른 부분이 있다. 깊은 산속 꽃밭, 첫눈 내린 후지산 영봉. 하얀 모래에 닿을 듯 말 듯 드넓게 펼쳐진 소나무 벌판, 혹은 단풍 사이로 보였다 숨었다 하는 기요히메 폭포. 그러한 그림엽서보다 아사쿠사 상점가의 그림엽서를, 나는 더 좋아한다. 혼잡함. 떠들썩함. 타생(他生)*의 인연 있어 이곳에 모였고 바로 그때, 사진에 찍혔다. 젊어지고 태어난 숙명에 휘둘리면서, 더구나 자신의 운명을 개척할 방도를 이리저리 궁리하며 걷고 있다. 내겐 이 많은 사람, 어느 한 사람인들 비웃는 게 허용되지 않는다. 제각기, 힘껏 애쓰고 있음이 틀림없다. 그들 한 사람 한 사람의 집. 아빠, 엄마. 아내와 아이들. 나는 한 사람 한 사람의 표정과 골격을 살피며, 두어 시간 남짓을 망각한다.

거짓 없는 신고(申告)

묵묵히 있던 피고는, 별안간 일어서서 말했다.

"저는 매사를 잘 압니다. 더욱 알아 갈 생각입니다. 저는 솔직합니다. 솔직히 말씀드릴 생각입니다."

재판장, 방청인, 변호사들조차, 몹시 쾌활하게 와자그르르 웃으며 떠들었다. 피고는 앉은 채, 급기야 그날 내내 제 얼굴을 두 손으로 덮고 있었다. 밤에 혀를 물어 끊고, 싸늘해졌다.

---

* 불교에서 금생(今生)이 아닌 전세와 후세의 삶을 이른다.

난마(亂麻)*를 달구어 끊다

소설론이 지금처럼 마구 헝클어져 버리면, 한마디로 이를 들씌워서 아우르고 싶어진다. 프랑스는 시인의 나라. 19세기 러시아는 소설가의 나라였다. 일본은 고지키(古事記),** 니혼쇼키(日本書紀),*** 만요****의 나라. 장편 소설의 나라가 아니다. 소설가인 자네, 우선 이국인(異國人)이 되게나. 저것도 이것도, 그저 내키는 대로 결코 되지 않을 테니. 자네의 형이 되고 벗이 될 수 있는 이, 푸시킨,***** 레르몬토프,****** 고골,******* 톨스토이, 도스토옙스키, 안드레예프,******** 체호프. 순식간에 열 손가락이 모자랄 기세 아닌가!

---

*   어지럽게 뒤얽힌 삼의 가닥. 비유적으로, 어지러이 얽히고 정돈되지 않은 일이나 세태를 가리킨다.

**   712년 편찬. 일본에서 가장 오래된 역사서.

***   720년에 완성된 역사서. 신화·전설·기록 등을 한문으로 기술했으며 모두 30권이다.

****   일본에서 가장 오래된 시가집 『만요슈(万葉集)』를 가리킨다. 나라(奈良) 시대 말기에 완성, 모두 20권으로 약 4500수의 작품이 수록되어 있다.

*****   Alexander Sergeyevich Pushkin(1799~1837). 러시아 소설가, 시인, 극작가.

******   Mikhail Lermontov(1814~1841). 사상가, 시인, 산문 작가, 극작가.

*******   Nikolai Vasilievich Gogol-Yanovsky(1809~1852). 우크라이나 출신의 러시아 작가, 극작가.

********   Leonid N. Andreev(1871~1919). 러시아 소설가, 극작가. 광기와 알코올 중독, 사형수의 심리 등을 작품의 소재로 삼았다. 대표작으로 『붉은 웃음』, 『7인의 사형수 이야기』 등이 있다.

마지막 스탠드플레이*

　다빈치 평전을 휘릭 훑어보고 있자니, 퍼뜩 한 장의 삽화와 맞닥뜨렸다. 「최후의 만찬」이다. 나는 눈이 휘둥그레졌다. 이것은 흡사 지옥의 그림. 천지가 진동하듯 들끓는 엄청난 소란. 아니다. 인간 세계의 가장 애달픈 아수라(阿修羅)** 모습이다.

　19세기 유럽 문호들도 어릴 적 이 그림을 보면서, 무서운 설명을 들어야 했음이 확실하다.

　"나를 팔아넘기는 자, 이 가운데 한 사람 있다." 그리스도가 이렇게 중얼거리고, 자신의 희망을 깡그리 획 떨쳐 버리는, 그 찰나의 모습을 능숙히 포착했다. 다빈치는 그리스도의 바닥 모를 깊은 우수, 나와 내 몸을 고요히 내던진 이후의 무한히 자애로운 심정을 알고 있었다. 또한 열두 제자 저마다의 이기적 숭배심까지도 꿰뚫고 있었다. 좋아! 이걸 한번, 일본낭만파 동인 여러분께 부탁해서, 연극으로 만들어 볼까. 날쌔고 사납기 짝이 없는 표정으로, 무자비한 몸짓을 내보이는 베드로는 누가? 자신의 결백을 증명하는 데에만 급급한 모양새의 빌립은 누가? 오직 한결같이 허둥지둥 쩔쩔매는 야고보는 누가? 그리스도의 가슴팍 앞에서 마치 잠든 듯 고개를 떨군, 이 어린 비둘기처럼 우아한 요한은 누가? 그리고 마지막으로, 슬픔의 극한에서 도리어, 아스라이 환한 표정을 한 그리스도는

---

*　　grandstand play. 경기에서 관중을 의식한 연기(플레이). 일반적으로 자기를 돋보이게 하려는 과장된 동작이다.

**　불교에서 싸움을 일삼는 나쁜 귀신.

누가?

　야마기시, 어쩌면 스스로 나서서 그리스도 배역을 맡으려 할 법한데, 과연 어찌 될는지. 나카타니 다카오(中谷孝雄)라는 착한 청년의 존재도 절대 잊어선 안 되고, 더욱이 '일본 낭만파'라는 눈 없고 귀 없는 혼돈의 괴물까지 가로놓여 있다. 유다. 왼손으로 무언가 무시무시한 걸 가로막고, 오른손으로 돈주머니를 꽉 움켜쥐었다. 자네, 그 배역을 아무쪼록 내게 양보해 주게. 나, '일본낭만파'를 사랑하는 마음 가장 깊고, 또한 이를 증오하는 마음 가장 높은 까닭에.

냉혹하다는 것에 대하여

　엄혹함과 냉혹함은, 이미 그 밑둥치부터 서로 다른 것이다. 엄혹함, 그 깊숙한 바닥엔 인간 본연의 따뜻한 배려심이 가득하지만, 냉혹함은 마치 싸구려 유리그릇 같은 것이라, 여기선 그 어떤 꽃 한 송이 피어나지 않으며, 도무지 아무 인연이 없다.

나의 슬픔

　밤길을 걷고 있자니, 풀숲에서 바스락, 소리가 난다. 살모사 도망치는 소리.

문장에 대하여

문사(文士)라고 한 이상, 문장 솜씨가 능숙하지 않으면 안 된다. 좋은 문장이란, "인정 깃들고, 표현 스며들어, 절로 진심이 읊어져 나오는" 상태를 가리킨다. 인정 깃들고 운운, 이는 우에다 빈*의 젊었을 적 문장이다.

문득 생각하다

뭐야! 다들 똑같은 말을 하고 있잖아!

Y코

그 속삭임에는 진지한 울림이 어려 있었다. 딱 두 번뿐. 나머지는 나를 곤혹스럽게 했다.
"나, 어쩐지, 멍청한 말을 해 버렸나 봐."
"제게도 개성이 있다고요. 하지만 그런 소리까지 듣고서야, 그저 잠자코 있을 수밖에 없지 않나요?"

*　上田敏(1874~1916). 영문학자, 시인. 서구 문학을 소개하는 데 기여했으며, 당대 예술 비평에 큰 영향을 끼쳤다. 대표작으로 번역 시집 『해조음(海潮音)』(1905)이 있다.

말의 기묘함

'혀 꼬부라지다.' '혀뿌리를 떨다.' '혀를 내두르다.' '혀 산들거리다.'

만담(漫談) *

내가 말하는 주고받기식 만담이란, 이를테면 다음과 같은 것을 가리킨다.

질문. "넌 대체, 누구에게 보일 작정으로, 연지를 바르고 이를 검게 물들였나?"

대답. "모두, 님 때문. 너 때문."

시실시실 웃으며 넘겨 버릴 문답이 아니다. 쥐어박는 데조차, 손이 더러워진다. 네 안에도!

나의 신화

인슈 이나바**의 어린 토끼. 털이 쥐어뜯기고 바닷물에 잠겼다가, 햇볕에 말랐다. 이것은 고통의 시작이다.

인슈 이나바의 어린 토끼. 담수로 몸을 씻고, 부들 열매의 솜털을 빼곡히 깔아, 그 안에 폭신폭신 파묻혀 잠들었다. 이것

---

* 재미있고 익살스럽게 세상을 풍자하는 이야기. 또는 그런 이야기를 나누는 것.

** 옛 지명의 하나. 현재의 돗토리현 동부에 해당한다.

은 안락함의 시작이리라.

가장 일상다반사인 것

'나는 남성이다.' 이 발견. 그는 아내의 '여성'을 깨닫고 나서 비로소, 그의 '남성'을 깨달았다. 함께 산 지, 7년째.

게에 대하여

아베 지로*의 에세이 가운데, 어린 게가 우리 집 부엌에서 옆으로 폴짝 뛰었다, 게도 뛸 수 있나? 생각하니 눈물이 났다, 이런 문장이 있었다. 그 부분만은, 괜찮다.

우리 집 마당에도, 이따금 게가 기어 온다. 자넨 양귀비 씨앗만 한 게를 본 적이 있는가. 양귀비 씨앗만 한 게와 양귀비 씨앗만 한 게가, 목숨 걸고 싸우고 있었다. 난 그때, 옴짝달싹 못 했다.

나의 댄디즘**

"브루투스! 너마저."

---

* 阿部次郎(1883~1959). 철학자, 평론가.

** Dandyism. 세련된 옷차림과 멋을 추구하는 패션 스타일. 정치나 예술 분야

이토록 쓰디쓴 맛을 겪지 않은 인간이, 일찍이 한 사람이라도 있었을까. 내가 가장 신뢰하는 이야말로, 내 생애의 중대한 찰나에 어김없이, 내 얼굴에다 지저분한 돌을 던진다. 쌩! 하고 던진다.

요전에 친구 야스다 요주로의 문장 가운데서, 바쇼의 좋은 시 하나를 발견했다. "나팔꽃이여 한낮 걸어 잠그는 문 울타리."* 과연! 더할 나위 없어. 하지만 — 또 — 아니. 더할 나위 없어. 제일이야!

『만년』에 대하여

나는 이 단편집 한 권을 위해, 10년을 허비했다. 만 10년, 보통 시민과 다름없는 산뜻한 아침 식사를 하지 못했다. 나는 이 책 한 권을 위해 몸 둘 곳을 잃은 채 끊임없이 자존심에 상처 입고 세상의 휘몰아치는 찬바람을 맞으며, 이리저리 헤매고 다녔다. 수만 엔의 금전을 낭비했다. 큰형이 고생한 데는 머리가 수그러진다. 혀를 데고 가슴을 태우고, 내 몸을, 도저히 회복하기 어려울 만큼 일부러 망가뜨렸다. 100편이 넘는 소설을, 찢어 없앴다. 원고지 5만 매. 그리고 남은 건, 겨우 이것뿐이다. 이것뿐. 원고지 600매 남짓이건만, 원고료는 전부 60여 엔이다.

의 정신적 귀족주의를 일컫기도 한다.
* 쉰 살 무렵 육체적, 정신적으로 쇠약해진 바쇼는 약 한 달간, 암자의 문을 잠근 채 은거했다.

하지만 나는 믿는다. 이 단편집 『만년』은 해가 갈수록 더욱더 선명하게 그대의 눈에, 그대의 가슴에 침투해 갈 게 틀림없음을. 나는 오직 이 책 한 권을 쓰기 위해 태어났다. 오늘 이후의 나는 그야말로 시체다. 나는 여생을 살아간다. 그리고 내가 이후 오래 살아남아 거듭 단편집을 내야 하는 일이 있다 한들, 나는 거기에 '가루타(歌留多)'*라고 이름 붙일 작정이다. 가루타, 애당초 유희다. 더구나, 금전을 거는 유희다. 우스꽝스럽게도 그 후, 더욱더 오래 살아남아 세 번째 단편집을 내게 된다면, 나는 거기에 '심판'이라 이름 붙여야 할 성싶다. 모든 유희에 임포텐츠가 된 나는, 완전히 생기가 결핍된 자서전을 시들시들 써 내려가는 수밖에, 길이 없으리라. '여행자여! 이 길을 피해 지나가라! 이는 확실히 덧없는 길이니까.'라고, 심판이라는 등대는 거의 죽을 지경으로 엄숙히 말하리라. 하지만 오늘 밤의 나는, 그토록 오래 살아 있고 싶지 않다. 나의 스파르타를 더럽히기보다는, 닻을 몸에 휘감고 물속으로 투신하고 싶다는 생각마저 든다.

어찌 되었든 『만년』 한 권, 그대의 두 손때로 검게 빛날 때까지 몇 번이고 거듭 애독될 것을 생각하면, 아아! 나는 행복하다. ─ 한순간. 사람이 한평생 진정한 행복을 맛볼 수 있는 시간은, 100미터 달리기로 10초의 1은커녕 훨씬 짧은 듯하다. 목소리가 있다. "거짓말! 불행한 출판이라면, 관두는 게 좋아." 대답하기를, "나는 오늘날 둘 없는 아름다운 자. 메디치의 비너스상.** 오늘날 진정한 미(美)의 실증을, 이 세상에 남기

---

*　놀이딱지. 혹은 카드놀이.

**　이탈리아 르네상스의 후원자로 유명한 피렌체의 메디치 가문이 17세기부터 소

기 위한 출판이다.

보라! 비너스상의 살갗, 그 빛깔이 드러내는 수치심을. 이건, 내 불행의 시작. 또한 봄, 여름, 가을, 겨울 언제나 알몸인 채, 영원한 무언(無言), 다소 써늘한 표정이야말로 (미인박명) 하늘의 냉혹하기 이를 데 없는 질투의 채찍을, 그 고아한 눈길로 그대에게 슬쩍 일러 주고 있다."

마음에 걸린다는 것에 대하여

마음에 걸린다는 것에, 흑백 두 종류가 분명히 있음을 안다. 나니와부시(浪花節)*의 한 구절, "내일을 기다리는 보물선." 그리고 푸시킨의 시구, "난, 내일 죽임을 당해." 두근거리는 마음에선 똑같은 듯 여겨질 테지만, 한나절 숙고 끝에 명확히, 흑백처럼 분리되어 있음을 알았다.

숙제

「체크·지퍼에 대하여」, 「책략이라는 것에 대하여」, 「언어의 절대성이라는 것에 대하여」, 「침묵은 금이라는 것에 대하여」, 「야성과 폭력에 대하여」, 「댄디즘 소론」, 「사치스러움에 대하여」, 「출세에 대하여」, 「선망(羨望)에 대하여」, 「원시

유해 온 비너스상을 가리킨다.
*   샤미센 반주에 맞춰, 의리나 인정을 이야기하는 창(唱)을 말한다.

(原始)의 센티멘털리티라는 것에 대하여」. 그 밖에 대단히 인색한 듯하나 제목을 말할 수 없는 것, 열일곱 항목 남짓. 조금씩 노트에 기록해 나가는 참인데, 《문예 잡지》 창간호에 무얼 좀 쓰라고 권유받았다. 무엇을 쓸까, 하고 노트를 두 권, 세 권씩이나 꺼내서 여기를 들여다보고 저기를 들여다보다가, 해 질 녘부터 아침까지 죽 걸렸다. 이것저것 죄다 가슴에 엉클어져, 제대로 되지 않는다. 우유를 마시고 아침 신문을 읽는 사이, 알았다.

내 마음은 천 리 멀리 동떨어진 바닷가에 있어, 파도에 빙글빙글 미친 듯 춤추고 있었던 거다. 나의 첫 책 출판. 그걸로 모든 게, 납득되었다. 숙제. 공교롭게도, 마나고야서방 주인 야마자키 고헤이 씨에게 배턴을 넘길 수밖에 없게 되었다. 내 책이 얼마만큼, 팔리려나? 내 책의 장정은, 멋지게 될까? 물때와 갈매기와 파도의 관계.

덧붙임. 이는 절반 이상, 내 책의 광고를 위해 썼다. 나는 1936년부턴 원고료 전혀 없음, 아니면 소설 한 장 5엔, 그 외 갖가지 문장 한 장에 3엔으로 정했다.

올해 1월호에는 나의 피 한 방울 섞여 있다는 생각마저 들게 하는 편집자의 편지 때문. 혹은, 쓰겠습니다, 하고 지난해 1월에 약속한 이후, 1년간 스스로 나서서 한층 굳게 약속해 버리고는 마침내, 미치광이 상태까지 되었기 때문. 나를 언제나 부드러이 위로하는 표정, 더구나 글에 담긴 뜻이 한결같이 순수한 편집부의 편지 때문. 그 밖에 아무튼, 한 번은 쓰지 않으면 안 될 사정이 있어, 조각 글을 20장 남짓 썼다. 원고료는 모두, 내 쪽에서 거절하고 썼다. "사람 제각각. 자기 한 사람의

업무에만 힘쓰는 게 제일이지만, 더러는 이웃 사람의 슬프고
도 굳센 자존심을, 모른 척하며 따뜻이 보듬어 주게."

벽안탁발(碧眼托鉢)*
── 말(馬)조차 새삼 바라보게 하네 눈 쌓인 아침**

보들레르에 대하여

"보들레르에 대해 두세 장 쓸 거야."

대수롭지 않은 듯, 사람들에게 알리고 다녔다. 그건 내게, 보들레르를 향한 말 없는, 죽는 날까지의 집요한 저항일 터였다. 이처럼 마지막 고백을 입 밖에 내었으니 이제, 나, 그에 대해 무얼 쓸 게 있으랴. 내 문학 생활의 시작부터, 어쩌면 또 마지막까지, 보들레르에게만, 오직 그에게만, 들으라는 듯 독백을 하고 있었던 건 아닌가.

"지금, 일본에, 스물일고여덟 살의 보들레르가 살고 있다면."

---

* 벽안이란 푸른 눈, 서양 사람의 눈. 탁발이란 수도승이 경문을 외며 집마다 동냥하러 다니는 것을 말한다. 다자이는 1935년 여행을 떠날 때, 지인에게 보낸 엽서에서 '벽안탁발승'이라는 단어를 사용했다.

** 마쓰오 바쇼의 하이쿠. 예기치 않게 눈 내린 아침, 온통 은세계다. 늘 바라보던 말의 모습조차 신선하게 시야에 들어온다.

나를 살아남아 있게 하는 단 하나의 말이다.

더욱 깊이 알기를 원한다면, 독자는 우선 내 작품 전부를 읽어야만 한다. 다시금 절대적 침묵을 지키련다. 도망치지 않아.

부르주아 예술에서의 운명

농민, 직공의 예술. 나는 그걸 본 적이 없다. 샤를루이 필리프.* 그가 나를 화들짝 놀래고 떨게 했을 뿐이다. 나는, 아니 사람들은 모든 계급(class)의 예술을, 통틀어 예술이라고 하는 모양이다. 다음의 말이 성립된다. "그걸 창작하는 예술가에게, 돈이 있으면 있을수록 좋다. 아니면 상술이 남보다 갑절로 빼어나, (부끄러워 할 일이 아니다.) 그림값, 원고료, 남보다 월등히 비싸게 팔아넘겨, 풍요로운 정진에 힘쓰는 게 마땅하다. 그렇긴 해도 이는, 천부적인 부자의 그것에 비하면 분명, 이류다."

정리(定理)

괴로움 많으면, 그런 만큼, 보답받는 건 조금.

---

*   Charles-Louis Philippe(1874~1909). 프랑스 소설가. 중학교 시절부터 시를 쓰기 시작했고, 파리에서 시청 공무원으로 일하며 문예지 활동을 했다.

나의 평생 기원

하늘에까지 울려 퍼질 정도로, 명랑하기 짝이 없는 출세 미담을, 단 한 편 쓰는 것.

나의 벗

한마디 엉겁결에 지껄였다간 끝장, 이 세상에서 완전히, 매장당한다. 그런 가슴속 깊디깊게 간직한 비밀을, 너는 서너 개 ─ 그럴 테지.

울적한 나를 쓸쓸하게 해 다오 뻐꾸기여*

《일본낭만파》11월호에 실린 기타무라 겐지로의 창작 「종일(終日)」. 절대적 침묵. 움직이지 않는 정원석. 이글이글 땡볕은 야속하여라 가을바람.** 아아, 홀로 간다. 이상의 내 말에 휘감기는, 어떤 한 가닥 상념에 마음 움직거린 자, 반드시 「종일」을 읽을 것. 나, 그의 책 출간을 기다린다, 간절히.

---

* 마쓰오 바쇼의 하이쿠. 마음이 닫혀 헤어 나올 수 없는 답답함을 울적함이라 하면, 쓸쓸함은 열린 마음. 더욱이 글 쓰는 이에게 요구되는 고요한 경지를 이르는 것이라 할 수 있을까.
** 마쓰오 바쇼가 1689년에 쓴 하이쿠. 입추를 지나 절기상으로 가을이건만 여전히 인정사정없이 내리쬐는 뜨거운 여름 볕. 무더위에 고달픈 여행자의 피로감은 더해만 간다.

필리프의 골격에 대하여

요도노 류조, 자신이 번역한 필리프 단편집 『작은 마을에서』를 한 권 보내 주었다. 나는 지난달, 소설집은 누구 것이건 전혀, 읽고 싶지 않았다. 다나카 간지의 『Man and Apes』, 『진종재가근행집(眞宗在家勤行集)』. 바보! 하고 면전에 욕할 수밖엔 어쩔 도리 없는 남자, 엘리엇의 문학론집을 일부러 애써 읽고, 이토 시즈오*의 시집 『내 사람에게 부치는 애가(哀歌)』를 야스다 요주로가 보내 주었는데, 내 사람이란 나를 가리킨다고 여겨 재독(再讀), 그 밖에 다빈치, 미켈란젤로 평전 각각 한 권, 미켈란젤로는 재독, 이쿠타 조코의 에세이집. 이상이 지난달 독서를 그러모은 전부다. 그 외, 순문예 서적을 열 권 남짓 읽었다. 이번 달, 슬슬 보쿠스이** 전집 가운데 기행문을 읽기 시작했다. 필리프의 『작은 마을에서』를 받은 것은 그즈음의 일이었다. 읽어 봐야지, 생각했다. 읽고 나서, 새로이 재독해야지, 생각했다. 요도노 류조의 문장은 분명히 아름답고, 의젓한 기품마저 풍긴다.

필리프. 결단코, 귀염성 있는 작가는 아니다. 내가 프랑스의 옛 소설가 가운데, 경외하는 이는, 메리메. 그리고 가까스로, 필리프. 그 나머지 이름은 차라리 없느니만 못하다고 여긴다. 요도노 류조, 스스로 엄격히 잡도리하는 구석이 있어선지, 이 책 이후에도 이전에도 원작자 필리프에 대해 거의 이야

---

*   伊東靜雄(1906~1953). 시인. '일본낭만파', '사계(四季)' 동인.
**   와카야마 보쿠스이(若山牧水, 1885~1928). 가인(歌人). 낭만적 작풍으로, 여행과 술에 관련한 노래를 주로 읊었다.

기한 게 없다. 그러면 나, 짐 끄는 말의 용기 꾸물꾸물 일으켜, 그의 참된 사람됨을 이야기할까. 이제 내가 기술하는 건, 그의 골격에 대해서다. 절대 그의 소설과 혼동하지 말 것. 그의 그 결이 세밀한 문장과.

샤를루이 필리프가 벗에게 한 말의 조각들. 그의 나이 스물다섯. "어제, 나는 짐승처럼 울었지." "우리 서로가 대작가가 될 수 있을지 어떨지 그건 알 수 없지만, 적어도 난 이것만은 단언할 수 있지. 우리는 이제 막 태어나려는 새로운 시대에 속해 있다는 사실을. 그리스도의 탄생에 앞서, 그리스도의 출현을 알아맞힌 예언자." "이건 나직한 목소리로 말하는 건데, 난, 미켈란젤로와 노(老)단테를 생각하면, 몸이 떨려. 그리고 니체." "난, 도스토옙스키의 『백치』를 읽었어. 이거야말로, 야만인의 작품이라는 거지. 나도 쓸 거야." 그는 『뷔뷔 드 몽파르나스』를 썼다. "뷔뷔에 대한 자네의 기사, 나는 무척이나 기뻤지. 하지만 자넨, 나의 꿋꿋함을 잊고 있네. 나는 집요한 저항력과 용기를 지녔어. 우리 가운데, 어쩌면 가장 강한 남자야. 친구들도 다들 그리 말하지. 내겐, 맹렬한 의지마저 있다네." "나, 도스토옙스키보다는 니체에 가까운지도 몰라." "난, 스물여덟 살에, 이미 나의 반면(半面)을 잘랐어. 다른 반면이 있다는 걸 잊지 마. 내가 지금 또렷이 내비친 반면은, 내 의욕에 따른 것. 내가 손수 작동시킨 나의 용수철. 이거야말로 용기이며 힘이다, 그리 기억해 주게." "별것 아니야, 난 시정(市井)의 정의파였어." 뽀얀 낯빛의 여린 문학청년, 앙드레 지드에게 말한다. "어서 남자다워지게. 입장을 어느 쪽이건, 분명히 정해주게."

앙드레 지드는 연설했다. "숙녀, 그리고 신사 여러분. 샤를루이 필리프는 월등히 뛰어난 힘과 미래를 약속하면서, 지난해 12월, 서른네 살로 이 세상을 떠났습니다."

그이야말로, 엄숙한 반면의 대문호. 세상을 벗어나 고즈넉이 지낸 풍류 은자(隱者) 같은 부류가 아니었다. 서른네 살로 죽은 그에게는, 쉰 살, 예순 살 대작가의 그 방약무인한 매너리즘의 퇴적이 없었기에, 사람들은 위고,* 발자크**에 뒤지지 않는 그의 거장다운 관록을 미처 보지 못했고, 어느 용맹 과감한 일본 남자는 심지어 그를 카나리아라고 부르기도 했다.

요도노 류조 번역,『작은 마을에서』출간이 하도 기쁜 나머지, 너무 쓸데없이 중뿔나게 나선 듯하다. 용서하시길. 나쁜 마음으로 한 일은 아니니까. 용서 못 한다고 하면, 그것에 대해 훗날 다시, 분명히 해명 말씀드리겠습니다.

어느 한 남자의 정진에 대하여

"저는 진실만을, 혈안이 되어 뒤쫓았습니다. 저는, 지금 진실을 따라잡았습니다. 저는 앞질렀습니다. 그리고 저는 아직 달리고 있습니다. 진실은 지금, 제 등 뒤에서 달리고 있는 듯합니다. 우스개도 못 됩니다."

---

*   Victor Marie Hugo(1802~1885). 프랑스 시인, 소설가, 극작가. 대표작으로『파리의 노트르담』,『레 미제라블』등이 있나.

** Honoré de Balzac(1799~1850). 프랑스 소설가. 근대 리얼리즘 문학의 대가. 대표작으로『고리오 영감』,『골짜기의 백합』등이 있다.

살아가는 힘

"진저리 나는 활동사진을, 마지막까지, 보고 있는 용기."

나의 유일한, 부들부들 떨림

생각해 보면, 우리는 이렇듯 문장을 쓸 수 있다는 것만으로도, 그런대로 행복했었다. 자칫 잘못하여 ―

매너리즘

나는 예지(叡智)의 덧없음에 대해 이야기했다. 바꾸어 말하면, 작가가 이러한 감상을 엮어 쓰는 일의 난센스를 언급했다. 「생각하는 갈대」라느니 「벽안탁발」이니 해도, 이건 도망치려는 한 방편에 지나지 않으며, 작가라는 남자가 매달, 매달, 이렇듯 토막 난 말을 내뱉고, 내뱉어 모으는 건, 칭찬할 일이 아니다.

"표현이 절묘하군."

"그는, 공부하고 있어."

"과연, 괴로워하고 있어."

"광적인 번뜩임."

"예리하군."

"약점을 따끔히 찌르는걸."

이상의 찬사는, 제각기 그 사람에게 되돌려 주고 싶다. 대부분 소름 끼치는 말이다.

나는 천성이 떠들썩한 걸 즐기는 남자인지라, 지금껏 매달, 매달, 무리를 하면서까지 대여섯 장씩, 이를테면 감상 단편(斷片)을 쓰고, 이 잡지에 실어 왔다. 그런데 세상에는 수치심을 완전히 결여한 청개구리 같은 남자가 수두룩하여, (이는 내게 새로운 발견이었다.) 근래, '광적인 번뜩임'을 보여 주는 감상 단편이 내 주변에도 둘, 셋, 띄엄띄엄 흩어져 어지러이 피어났다. 흡사 그것이 뛰어난 작가의 한 가지 조건이라도 되는 듯이.

분명히 말할 수 있는 내용을 아무리 분명히 말한들 지나칠 일은 없으니까, 딱히 '광적인 번뜩임'을 보여 주지 않아도 지장 없는 셈이다. 만약 이것이, 나의 「생각하는 갈대」가 뿌린 씨앗이라고 한다면, 나는 씁쓸히 웃으면서 이걸 베어 내야만 한다. 그건 정말이지, 좋지 않은 일이기 때문이다. 하얀 꽃도, 붉은 꽃도, 푸른 꽃도, 어떠한 꽃 하나 피우지 않는 슬픈 잡초가 틀림없다.

나는 누군가와 결탁해서 이 글을 쓰는 게 아니다. 나는 언제나 혼자다. 그리고 혼자 있을 때의 내 모습이, 가장 아름답다고 믿는다.

"나는 깡그리, 모든 걸 알고 있습니다." 이렇게 말하고 싶어 하는 듯한, 예지의 자긍심으로 그득그득한 말상 낯짝에, 나는 말을 건넨다. "한데, 당신은 무얼 했나요?"

작가는 소설을 써야만 한다

말 그대로다. 그렇게 생각한다면, 실제로 행해야만 한다.

성서를 읽었다고 해서, 굳이 그 연구를 발표하지 않아도 된다. 오늘 일은 오늘, 내일 일은 내일. 그대로 행해야 한다. 아는 것만으로는 아무것도 되지 않는다. 이미 다들, 알아 버렸으니.

인사

인사를 잘하는 남자가 있다. 혀가 살랑살랑, 그런 느낌이다. 거기에 온 정력을 쏟아붓고 있는 듯 보인다. 부끄럽지 않은가? 가키에몬이 아궁이 앞에 웅크리고 앉아, 울타리 바깥의 길을 지나는 농민과 아침 인사를 나누고 있다. 농민이 생각하기를, '가키에몬 씨의 인사는 공손해서 좋아.' 가키에몬은, 농민이 지나간 일조차 기억하지 못한다. 오로지, '좋은 물건이 만들어졌으면!'

가키에몬의 무례함은 용서받아야 하리라. 도손의 말투를 흉내 내자면, "예술의 길은 그토록 어렵다. 젊은이여! 이를 두려워하는 데에 지나침이란 없다."

훌륭함이라는 것에 대하여

이제 소설 이외의 문장은 아무것도 쓰지 않으리라 각오했지만 어느 날 밤, 잠깐! 하고 생각했다. 그래선 너무나 지나치게 훌륭하다. 모두와 보조를 맞추기 위해서라도, 나는 일부러 발을 헛디디고 호색 심정을 쑤석거려 내보이거나, 우습지도 않은 일에 몸을 가누지 못하도록 웃어 보이거나 해야만 한다.

제약이란 게 있다. 괴롭지만, 역시나 사람답게 계속 써 나가는 것이 진정이려니 싶었다.

그렇게 다시 생각하고 붓을 잡았으나, 한데 작가라면 이런 감상문은 그야말로 조끼 단추를 두세 개 잠그는 사이에 마무리지어 버릴 일이지 너무 오랜 시간 매달려서는 안 된다. 감상문 따윈, 쓰려고 마음먹으면 어떻게든 재미나게, 또한 연달아 술술 얼마든지 쓸 수 있는 것이니, 그다지 소중한 게 아니다. 요전에 몽테뉴*의 『수상록』을 읽고, 참으로 변변찮다 여겼다. 지당한 말씀집(集). 일본 고단(講談)**의 냄새를 맡은 건, 나뿐이려나? 몽테뉴 대인(大人). 꽤 배짱이 두둑하시다던데, 그런 만큼 문학하고는 멀다. 공자 가로되, "군자는 남을 즐겁게 해도, 자신을 팔지 않는다. 소인(小人)은 자신을 팔아도, 그래도 남을 즐겁게 하지 못한다." 문학의 재미는, 이 소인의 슬픔이 틀림없다. 보들레르를 보라! 가사이 젠조의 생애를 떠올려 보라! 배짱 두둑한 군자는 고단 책을 읽어도, 너끈히 즐겁고 구제받는 낌새다. 내겐, 인연 없는 중생(衆生)이다. 배짱이 두둑하고 훌륭한 인격을 갖추어, 의심할 바 없는 감상문을 마냥 즐거운 듯 엮어 써 나가게 되어선, 작가고 나발이고 없다. 세상의 명사(名士) 한 사람이 되어 사라진다. 시시각각 움직여 가는 곳마다, 가는 곳마다 변변찮은 바보짓을 벌이고, 도통 돼먹지 않은 악령의 작자가 절로 그리워진다. 경박재자(輕薄才子)***가

---

*   Michel de Montaigne(1533~1592). 프랑스 사상가. 인간 중심의 도덕을 제창했으며, 평생에 걸친 역작 『수상록』을 통해 인간 정신에 대한 회의주의적 성찰을 제기했다.

**   무용담, 복수담, 군담(軍談) 등에 가락을 붙여 재미있게 들려주는 연예.

***   재주는 있으나 경박한 사람.

좋아라. 엉망진창 실패의 고마움이여! 추한 욕심의 존귀함이여! (훌륭해지고 싶다 마음먹으면, 언제건 될 수 있으니깐.)

Confiteor*

　지난해 세밑, 더는 배겨 낼 수 없는 일이 셋이나 겹쳐 일어나, 나는 글자 그대로 엉덩이에 불이 붙은 심정으로 집을 뛰쳐나와, 유가와라(湯河原), 하코네(箱根)를 걸어 돌아다녔다. 하코네의 산에서 내려올 때는 여비에 쪼들려, 오다와라(小田原)까지 터벅터벅 걷기로 결심했다. 길 양쪽은 귤나무밭, 수십 대의 자동차가 앞질러 갔다. 나는 사방의 산들을 올려다볼 수조차 없었다. 나는 짐승처럼 낯을 숙인 채 걸었다. '자연'의 준엄함에 숨이 막힐 정도로 괴로웠다. 나는, 코 푼 휴지처럼 쪼글쪼글 구겨지고 동글동글 뭉쳐져, 툭 내팽개쳐진 형편이었다.
　이 여행은, 내게 좋은 약이 되었다. 나는 사람 힘의 멋진 성과를 보고 싶어서, 여행 이후 한 달 동안, 내가 가진 책을 닥치는 대로 다시 읽었다. 허풍이 아니다. 어느 것이든 죄다, 열 페이지도 읽어 나가지 못했다. 나는 태어나서 처음, 기도하는 심정을 체험했다. "좋은 읽을거리가 있기를! 좋은 읽을거리가 있기를!" 좋은 읽을거리는 없었다. 두세 소설은, 나를 격노하게 했다. 우치무라 간조**의 수필집만은, 일주일 남짓 내 머리

---

*　　콘피테오르. 고백 기도, 혹은 죄의 고백.

**　　内村鑑三(1861~1930). 종교인, 평론가, 무교회주의자. 잡지 《성서 연구》를 창간했다.

맡에서 사라지지 않았다. 나는 그 수필집에서 두세 마디를 인용할 생각이었지만, 그러지 못했다. 전부를 인용해야만 할 성싶다. 이건 '자연'과 맞먹을 만큼, 어마어마한 책이다.

나는 이 책에 질질 끌려다녔음을 고백한다. 한 가지, '톨스토이의 성서'에 대한 반감도 거들어, 마침내 이 우치무라 간조의 신앙서에 푹 빠져들고 말았다. 지금의 나에겐, 벌레 같은 침묵이 있을 뿐이다. 나는 신앙의 세계에 한 걸음, 발을 들여놓은 듯하다. 요만큼의 남자다. 이 이상 아름답지도 않거니와, 이 이하로 비열하지도 않다. 아아! 말의 덧없음. 요설(饒舌)의 곤혹. 하나하나, 당신이 말하는 대로다. 잠자코 있어 줘. 그렇고말고, 하늘의 배려를 믿고 있지. 그 나라가 오리라는 것을. (거짓말에서 나온 참말. 자포자기에서 나온 신앙.)

일본낭만파의 1주년 기념호에, 나는 이상의 거짓 없는, 빠듯한 고백을 적어 둔다. 이걸로 글렀다면, 죽을 따름이다.

퇴폐의 아이, 자연의 아이

다자이 오사무는 간단하다. 칭찬하면 된다. "다자이 오사무는, 그대로 '자연'이다."라고 칭찬해 줘라. 이상 세 항목, 입원 전날 밤 썼다. 이번 입원은, 내 생애를 결정했다.

번민 일기

월　일

우편함에, 살아 있는 뱀을 던져 넣고 간 사람이 있다. 분노. 하루에 스무 번, 자기 집 우편함을 들여다보는 팔리지 않는 작가를, 조롱하는 사람이 벌인 짓임에 틀림없다. 기분이 언짢아져, 온종일 자리에 눕다.

월　일

고뇌를 자랑삼지 말아! 지인한테 온 편지에서.

월　일

몸 상태 좋지 않음. 혈담 빈번하다. 고향에 알렸건만, 믿어주지 않는 낌새다.

마당 한 귀퉁이, 복숭아꽃이 피었다.

월　일

150만의 유산이 있었다 한다. 지금은 얼마나 있는지, 도통 알 수 없다. 8년 전, 호적에서 제명당했다. 친형의 온정에 힘입어, 오늘까지 살아왔다. 이제부터, 어떡하나? 손수 생활비를 벌어야지 따윈, 꿈에도 생각한 적 없음. 이대로라면, 죽는 수밖에 다른 길이 없다. 이날, 흐리멍덩해지는 일을 한 탓에, 꼴 좋군! 문장이 꾸질꾸질, 지지리도 서투름.

단 가즈오* 씨가 방문. 단 씨에게 40엔을 빌리다.

월 일

단편집『만년』교정. 이 단편집으로 끝장나는 건 아닐까, 문득 생각한다. 그럴 게 뻔하다.

월 일

요 1년 동안, 나를 험담하지 않은 사람은, 셋? 더 적은가? 설마!

월 일

누나의 편지.

"지금 막, 20엔 송금했으니 받아 주세요. 늘 돈을 재촉하니 나도 참으로 난처합니다. 어머니께도 차마 말할 수 없는 데다, 나 혼자만 감당하는 터라 정말로 난처합니다. 어머니도 금전에서는 자유롭지 않습니다. (중략) 돈을 허투루 보지 말고, 꾹 참아 가며 써야만 합니다. 이젠 조금이나마 잡지사로부터, 받고 있을 테지요. 지나치게 남을 의지하지 말고, 힘껏 견디세요. 무엇이건 조심히 하세요. 몸조심하고, 친구와 그다지 어울

---

*　檀一雄(1912~1976). 소설가. 자유분방한 낭만적 작품을 썼다.

리지 않는 편이 좋겠지요. 모두를 조금이라도 안심시킬 수 있도록 하세요. (후략)"

월 일

온종일, 꾸벅꾸벅. 불면이, 시작되었다. 이틀 밤. 오늘 밤, 잠들지 못하면, 사흘 밤.

월 일

동틀 무렵, 의사를 찾아가는 좁다란 길. 어김없이 다나카 씨의 시를 떠올린다. 이 길 울면서 나 지나갔음을, 내 잊는다면 그 누가 알리오. 의사에게 억지를 부려, 모르핀을 사용하다.

한낮 기운 때 잠에서 깨어, 반짝이는 신록, 어쩐지 불안하고 슬펐다. 튼튼해지자, 생각했습니다.

월 일

창피스러워 창피스러워 참을 수 없는 일, 그 한가운데를, 아내는 대수롭지 않은 듯 말로 찔렀다. 펄쩍 뛰었다. 게다 신고 선로(線路)! 한순간, 험상궂게 우뚝 섰다. 풍로 걷어챘다. 양동이 냅다 차 버렸다. 작은방에 가서 쇠주전자, 장지문에. 장지문 유리 소리가 났다. 나직한 밥상 걷어챘다. 벽에 간장. 밥공기와 접시. 내 몸을 대신한 거다. 이만큼 깨뜨리지 않고선, 나는 살아 있을 수 없었다. 후회 없음.

월 일

5척 7촌*의 털북숭이. 부끄러움 때문에 죽다. 그런 문장을 떠올리고, 혼자 키들키들 웃었다.

　월　일

　야마기시 가이시 씨가 방문. 사면초가(四面楚歌)**야. 내가 말하자 아니, 이면초가쯤이지, 라고 정정했다. 아름답게 웃고 있었다.

　월　일

　말하지 않으면 근심 없는 거나 마찬가지, 라던가. 반드시, 들어 주었으면 싶은 일이 있습니다. 아니, 이젠 괜찮습니다. 다만, ─ 어젯밤, 1엔 50전 때문에, 세 시간이나 아내와 말다툼을 벌였습니다. 안타깝기 이를 데 없습니다.

　월　일

　밤에, 혼자 변소에 갈 수 없다. 등 뒤로 머리가 자그맣고 흰색 유카타*** 차림의 호리호리한 열대여섯 살 남자아이가 서 있다. 지금의 내게, 뒤를 돌아다보는 일은, 목숨 걸기다. 분명히, 머리가 자그만 남자가 있다. 야마기시 가이시 씨가 말하길, 그건 나의 5, 6대(代) 이전 사람이 차마 말할 수 없는 잔인성을 저질렀기 때문이다, 라고. 그럴지도 모른다.

---

*　　1척과 1촌은 각각 30센티미터, 3센티미터 남짓으로, 약 172센티미터이다.
**　　사방이 모두 적으로 둘러싸인 형국. 누구의 도움도 받을 수 없는 고립된 상태를 이른다.
***　여름철에 입는 무명 홑옷.

월 일

소설을 마무리했다. 이토록 기쁜 일이었던가! 거듭 읽어
보니, 썩 괜찮다. 두세 명의 벗에게 통지. 이걸로, 빚을 죄다 갚
을 수 있다. 소설 제목, 「하얀 원숭이 광란(白猿狂亂)」.

달리지 않는 명마(名馬)

　무얼 쓰겠다는 전망도 없이, 이를테면 이나리* 신사 경내
에 우두커니 서서, 신통치도 않은 에마**를 바라보며, 어떻게
할까나, 마음 정해지지 않고, 정해지지 않은 채, 어정어정 걸
어 나간다. 썩어 들기 시작한 삼나무 거목, 그루터기에 매달려
찰싹 엉겨 붙은 메마른 담쟁이덩굴 한 가닥을, 지팡이로 바삭
바삭 떼어 내고, 딱히 깊은 의미 없이, 이번에는 에잇! 큰 소리
로, 여우 석상을 칠 듯 덤벼들었으나, 이 또한, 딱히 지고한 사
념 때문은 아니다. 예부터 예술이란, 이런 거야, 우화(寓話)도
아니고, 수양을 위한 양식도 아니고, 아니꼬운, 사내답지 못
한, 매명(賣名) 패거리나 하는 일이 틀림없어. 이 말을 듣고 되
받을 말 없기에 고분고분 끄덕이고, 살포시 발돋움한 채 저녁
노을 구름을 지켜본다.

---

* 　오곡(五穀)의 신.
** 　발원할 때나 소원이 이루어졌을 때, 그 사례로 신사나 절에 말 대신 봉납하는 말
　　그림 액자.

당신의 소설, 친구한테 잡지를 빌려 읽었습니다만, 그건 요컨대, 한마디로 뭉뚱그리면, 어떤 겁니까? 이렇듯 힐문당하기를 여러 번, 그럴 때마다 슬프게 "한마디로 말할 수 있는 거라면, 한마디로 말하지요. 그건 그만큼의 것이고, 달리 말할 방도가 없습니다. 이후, 저의 문장은 읽지 말아 주세요."

지요가미(千代紙)* 섞어 붙인, 앙증스러운 자그만 상자. 이걸로, 뭘 하지? 아무것도 안 해, 이만큼으로 족해, 예쁘잖아?

불꽃놀이 한 발, 1000엔 이상, 구태여 강에서 쏘아 올려 뭘 하지?

기모노, 알몸을 감싸면 그걸로 됐어. 무늬도, 옷감도, 색상도, 모조리 의미 없어. 스물다섯 살 남자, 어느 날 밤, 진홍빛 꽃무늬, 게다가 지리멘** 겹옷 입었어도, 죄다 다를 것 없는 기모노, 뭐 어때서?

아아, 멋지다! 지붕이 뚫어져라, 대(大)갈채. 더구나 한순간 지나면 흔적 없이 사라질 갈채, 그것을 간절히, 간절히 원해, 만 엔, 2만 엔, 훨씬 많이 투자했다. 옛날, 옛날, 그리스의 시인들 그리고 보들레르, 베를렌, 그 꾀바른 할아버지 괴테 각하도, 아아, 어찌 잊으리! 아쿠타가와 류노스케 선생은, 목숨까지.

하지만 어차피 유한(有閑)의 글, 무용지물임을 보증한다, 포식난의(飽食暖衣)*** 그 끝에 피어난 꽃, 이 꽃잎은 써먹을

---

* 꽃무늬 등 여러 가지 무늬를 색도 인쇄한 일본 종이. 작은 상자에 붙이거나 종이 접기에 사용한다.
** 바탕이 오글오글한 평직의 비단.
*** 배불리 먹고 따뜻이 입음. 즉. 부족함 없이 편안하게 지내는 것을 이른다.

데가 없다. 날지 않는 비행기, 달리지 않는 명마, 흠치르르 윤
이 흐르는 털의 결, 토실토실 살진 모습, 언제나 자는 척, 곁에
는 참고서 한 권도 없을뿐더러 사전 그림자조차 없는 듯하다,
이것이 자랑, 펜 한 자루뿐, 그리고 특제 화려한 원고지, 이제
슬슬, 약속한 석 장, 석 장, 아무 의미도 없는, 엄청스레 빼어난
문장이건만, 이해 못 하는 녀석은, 죽을 때까지 이해 못 하지.
어쩔 수 없는 일.

1937

소리에 대하여

　문자를 읽으면서 거기에 표현된 음향이 언제까지나 귀에
착 달라붙어, 가시지 않는 일이 있으리라. 고등학생 무렵, 다
음과 같은 걸 배웠다. 맥베스였나, 다른 연극이었나? 찾아보
면 금세 알 수 있지만 지금은 께느른하여, 아무튼 셰익스피어
극의 하나라는 사실은 틀림없다, 라고만 말해 둔다. 그 연극의
살인 장면. 침실에서 은밀히 목 졸라 죽이고, 히어로(hero)도
나도 그 순간, 휴우! 짓눌리는 듯한 한숨. 이마의 비지땀을 닦
으려 움찔, 나의 경직된 손가락을 움직거린 그때, 똑! 똑! 방
밖에서 누군가, 문을 노크한다. 히어로는 공포에 질린 나머지
펄쩍 뛰었다. 노크는 무심히, 이어진다. 똑, 똑, 똑. 히어로는
그 자리에서 미치광이가 되었는지 어쨌는지, 나는 그 뒤 줄거
리를 잊어버렸다.

　「기름 지옥」*에도 요헤이라는 이름의 젊은 난봉꾼이 어쩌

* 　원제는 「女殺油地獄」. 지카마쓰 몬자에몬의 작품으로, 1721년 초연된 전통 인
   형극이다.

다가 그만, 여자를 잔혹하게 죽여 버리고, 그 자리에 넋 놓은 채 멍하니 꼼짝 않고 서 있자니, 계절은 마침 5월. 거리는 단오 명절로, 그 집 처마 끝에 달린 노보리*가 펄럭펄럭펄럭펄럭, 세찬 바람에 펄럭거리는 소리가 들리는데, 쓸쓸하고 울적하기도 하여 요헤이가 애처롭기 짝이 없었다. 『다섯 여자』**에도 오시치가 기치자를 만나야겠다 결심하고 한밤중 몰래 갔다가, 별안간 딸랑딸랑 방울 소리. 댓바람에 어린 중이, 어라? 아가씨는 재미 보러! 하고 외치는 통에, 그저 두 손 모아 어린 중에게 간청한다. 이런 장면이 있었다고 기억하는데, 그 난데없는 방울 소리에 읽는 이들 모두, 화들짝 간담이 서늘해졌음이 틀림없다.

아직 아무도 번역하지 않은 듯한데 「프로페서」라는 소설. 작자는 여성, 또 다른 장편 소설, 무슨 문고본으로 일본에 그 이름이 소개되었음 직한데, 그 작가 이름도, 그 장편 소설 이름도, 그 문고 이름도 깡그리, 지금 당장 생각나지 않는다. 이 역시 찾아보면 알 수 있지만 지금, 그럴 필요는 없다고 본다. 「프로페서」라는 소설은 어느 시골 여학교에서 벌어지는 일을 쓴 것이다. 방과 후, 아무도 없는 휑뎅그렁한 학교 건물. 해 질 녘, 어스레한 음악 교실에서 남자 교사 그리고 주인공인, 슬프도록 아름다운 여자가 단둘이 소곤소곤 세상 이야기를 나누고 있는데, 가을바람이 텅 빈 복도를 사르르 쓸며 지나가고, 어딘가 먼 데서 문이 덜커덩! 소리를 낸다. 더더욱 인기척 없

---

*   고이노보리(鯉幟). 종이나 천 등으로 잉어 모양을 만들어, 단오 때 기(旗)처럼 장
      대에 높이 매다는 것.

**   원제는 「호색오인녀(好色五人女)」. 에도 전기의 풍속 소설가 이하라 사이카쿠
      (井原西鶴)의 작품이다.

는 괴괴함에, 독자는 불현듯 이 세상살이의 적적함에 몸서리를 친다, 라는 식으로 짜여 있다.

똑같은 문소리일지라도, 전혀 딴판인 효과를 내는 경우가 있다. 이것도, 작가 이름은 잊어버렸다. 영국의 블루스타킹*이라는 사실만은 틀림없는 듯하다. 「랜턴」이라는 단편 소설이다. 상당히 까다로운 문장인지라, 나는 끝까지 읽지 못했다. 심혈을 기울여 써 내려간 문장이리라. 빈민가의 누더기 아파트. 누런 흙먼지, 시끌벅적한 아이들 소리, 양동이 물도 순식간에 뜨듯해지는 폭염. 그 아파트에 딱한 처지의 히로인(heroine)이 초조함을 견디다 못해, 거의 정신이 나간 듯 몸부림치며 괴로워하고 있다. 옆방에서 끼익끼익, 너무 빠르게 회전하는 싸구려 축음기가 삐걱거리며 아우성친다. 나는 거기까지 읽고, 숨이 곧 끊어질 듯한 느낌이었다.

히로인은 휘청휘청 일어나, 미늘창살문을 밀어젖힌다. 쨍쨍한 햇볕, 와락 달려드는 흙먼지. 메마른 바람이 덜커덩! 하고 입구 문을 열어젖힌다. 뒤이어 가까운 문이 덜커덩덜커덩, 덜커덩덜커덩, 열 번이고 스무 번이고 끝없이 열리고 닫힌다. 나는, 퀴퀴한 걸레가 얼굴을 거꾸로 쓰다듬고 지나간 느낌이 들었다. 다들 잠들어 조용해졌을 무렵, 서른 남짓한 히로인은 랜턴을 들고 썩어 가는 복도 마루를 허둥지둥 돌아다니는데, 나는 금방이라도 다시, 어디선가 별안간 둔중한 문이 덜커덩! 하고 한 번, 터무니없이 요란한 소리를 내며 닫히지나 않을까,

---

* Bluestocking. 18세기 중엽 영국에서, 문인이나 문학에 관심 있는 귀족을 초청하여 대화를 나누던 여성 모임 혹은 그 구성원. 이 명칭은 당시 모임 참가자의 푸른색 스타킹 차림에서 유래한 듯하다.

조마조마하며 읽어 나갔다.

『율리시스』에도 가지각색의 소리가, 한가득 담겨 있었다고 기억한다.

소리의 효과적인 적용은 시정(市井) 문학, 이를테면 세와모노(世話物)*에 많은 듯하다. 본디 상스러운 것임이 틀림없다. 바로 그러한 까닭에, 한결 부끄럽고 슬픈 것이리라. 성서나 『겐지 이야기(源氏物語)』**에는 소리가 없다. 완전한 사일런트다.

---

* 일본 전통극 가부키나 인형극 등에서, 에도 시대의 서민 모습을 소재로 한 작품을 말한다.
** 헤이안 시대 중기, 무라사키 시키부가 쓴 장편 소설. 당시의 궁중 생활을 중심으로, 주인공 히카루 겐지의 사랑 편력과 고뇌 등이 묘사되어 있다.

창작 여담

창작 여담, 이라 할 만한 글을. 편집자한테서 온 편지에는 이렇게 적혀 있었다. 다소 겸연쩍은 듯한 어투였다. 그런 말을 듣고 한층 겸연쩍은 이는, 작가다. 이 작가는 여전히 거의 무명에 가깝다. 창작 여담이라 할 만한 글은커녕, 창작 그 자체마저 놓쳐 버릴 지경이라 뒤쫓아 가고, 이리저리 생각하고, 등을 돌렸다가, 혹은 다시 일어나 바른 자세로 독서, 다짜고짜 극심한 분노에 거리를 방황, 걸으면서 시 한 편. 이렇듯 도무지 가당찮은 응석받이 문학 서생 상태인지라, 창작 여담 말이지요? 네 알겠습니다, 하고 여느 선생님처럼 고심담을 그럴싸하게 써 내려가는 솜씨를 흉내 낼 수는 없다.

할 수 있으리라 여기지만 나는, 굳이, 할 수 없다, 라고 말한다. 억지로라도 그렇게 말한다. 문단 상식을 깨뜨려야만 한다고 완고히 믿고 있기 때문이다. 상식은 좋은 것이다. 이걸 따라야만 한다. 하지만 상식은, 10년마다 비약한다. 나는 세상의 여러 현상 파악에 관해서는, 헤겔 선생을 지지한다.

사실은 마르크스, 엥겔스 두 선생을, 이라 말하고 싶은 참이기도 하지만, 아니 아니, 레닌 선생을, 이라 말하고 싶은 참이기도 하지만, 이 작가는 애당초 언행일치라는 것에 기이하리만큼 집착하는 남자라, 아니 아니, 그렇게 말하면 안 돼, 이 작가는 애당초 비참함을 사랑하는 취향이 있는 자여서, 안심입명(安心立命)*의 경지를 내다보며 모든 걸 붕괴의 전제로 삼아, 아아! 다음 말은 여러분 가운데, 사려 깊은 이가 계속해 주시게.

이렇듯, 작가는 게으르다. 꾀바르다. 이러지도 저러지도, 어찌해 볼 도리 없는 경지에까지 이른 듯하다. 밉살스러운가?

밉살스러울 건 없으리라. 나는 지금의 이 세상에 가장 적절한 표현으로써, 여러분에게 말을 걸고 있을 뿐이다. 나는, 지금의 이 현실을 사랑한다. 농담이 진담이 되는 현실을.

알겠는가? 불쾌한가?

당신 자신, 스스로 불쾌한 존재라는 사실을 깨달아야만 한다. 당신은, 무력해.

비난은, 자신의 나약함에서. 다정한 위로는, 자신의 강함에서. 부끄러운 줄 알아.

자기변명이 아닌 문장을 읽고 싶다.

작가라는 건 대단한 허세꾼이라, 자신이 남몰래 고심한 작품 따윈, 고심하지 않았다는 듯 과시하고 싶은 법이다.

내가, 나의 첫 단편집 『만년』 241페이지를 단 사흘 밤에 완성했노라고 하면, 여러분은 어떤 표정을 지으려나? 또, 그건 10년 너끈히 걸렸습니다, 라고 기특한 척 눈을 내리뜨고 말한다면, 여러분은 어떤 표정을 지으려나? 그 태도를 분명히

---

* 마음을 편안히 하고 몸을 천명에 맡김으로써, 어떤 경우에도 흔들리지 않는 것.

정해 주길 바란다. 천재의 기적인가, 아니면 견마지로(犬馬之
勞)*인가.

　마침 공교롭게도 내 경우, 견마지로이건 뭐건, 흥이 깨지
는 단어라 송구하나, 인분지로(人糞之勞), 땀을 뻘뻘 흘려 가
며 가까스로 완성해 낸 200여 페이지였다. 그것도 결코 혼자
힘으로, 라고 말하지 않으련다. 수십 명의 지혜로운 선현의 손
에 이끌려, 거의 '가나다'부터 가르침을 받고, 그리하여 그럭
저럭 한 권, 와들와들 부들부들 떨며 마무리 지었다.

　재미있는지?

　농담이 좀 지나쳤던 것 같다. 나는 지금 책상 앞에 바르게
정좌하고, 말하자면 무서운 얼굴로 이 글을 쓰고 있다. 이 글
에 착수하기 위해, 나는 사흘 밤, 깊이 생각했다. 세상의 상식
이라는 것에 대해 생각했다. 우리는 정말이지, 다음 시대의 작
가다. 그걸 믿어야만 한다. 그렇게 되게끔 노력하지 않으면
안 된다. 뜻하는 바의 일단은, 여러분에게도 전달되지 않았나
싶다.

　나는 요즘, 알렉상드르 뒤마**의 작품을 읽고 있다.

*　　개나 말 정도의 하찮은 힘이라는 뜻. 윗사람(임금 또는 나라)을 위해 바치는 노
　　력을 겸손히 이르는 말이다.
**　Alexandre Dumas(1802~1870). 프랑스 극작가, 소설가. 대표작으로 『몬테크
　　리스토 백작』, 『삼총사』 등이 있다.

1938

『만년(晩年)』에 대하여

『만년』은 나의 첫 소설집입니다. 이제, 이것이 내 유일한 유작이 되려니 생각했기에, 제목도 '만년'이라 해 두었습니다.

읽으면 재미있는 소설도 두셋 있으니, 짬 날 때 읽어 봐 주세요.

내 소설을 읽은들, 당신의 생활이 전혀 편해지지 않습니다. 전혀 훌륭해지지 않습니다. 아무것도 안 됩니다. 그러니, 나는 그다지 권할 수 없습니다.

「추억」을 읽으면 재미있지 않을까요. 분명 당신은 폭소를 터뜨리겠지요. 그걸로 됐습니다. 「로마네스크」도 우스꽝스러운 엉망진창으로 가득한데, 이건 좀 스산해서 그다지 권할 수 없습니다.

요다음에 하나, 그저 무작정 재미난 장편 소설을 써 드리지요. 요즘 소설, 죄다 재미없잖아요?

상냥스럽고, 슬프고, 웃음이 나고, 고상하고. 그 밖에 무엇이 필요할까요.

있잖아요, 읽어서 재미없는 소설은 말이죠, 그건 서투른 소설입니다. 무서울 게 뭐 있나요. 재미없는 소설은, 딱 잘라 거부하는 편이 좋습니다.

모두 다, 재미없으니까요. 재미나게 만들려고 애썼건만, 도통 재미고 뭐고 없는 소설, 그런 건 당신, 어쩐지 죽고 싶어지는걸요.

이런 말투가 얼마나 징그럽게 들릴지, 난 알고 있습니다. 그야말로 사람을 깔보는 듯한 말투인지도 모르겠습니다.

하지만 나는, 자신의 감각을 속일 수 없습니다. 쓸데없습니다. 새삼스레, 당신에게, 아무 말도 하고 싶지 않습니다.

격정의 극한에서, 사람은 어떤 표정을 지을까요? 무표정. 나는 미소 짓는 가면이 되었습니다. 아니에요, 잔인한 수리부엉이가 되었습니다. 무서울 게 뭐 있나요. 나도, 가까스로 세상을 알게 되었다, 이것뿐입니다.

『만년』을 읽으시렵니까? 아름다움은 남이 일러 줘서 절실히 느끼는 게 아니라 스스로, 자기 홀로, 퍼뜩 발견하는 것입니다.『만년』 가운데서, 당신이 아름다움을 발견할 수 있을지 어떨지, 그건 당신의 자유입니다. 독자의 황금 같은 권리입니다. 그러니, 그다지 권하고 싶지 않습니다. 이해 못 하는 녀석은 냅다 후려갈긴들, 끝끝내 알 턱이 없으니까.

이제, 그만, 실례하겠습니다. 나는 지금, 굉장히 재미난 소설을 쓰고 있는 참이라, 얼추 건성으로 이야길 나누었습니다. 용서하세요.

하루의 노고

1월 22일.

나날의 고백이라는 제목으로 할 작정이었으나, 문득 '하루의 노고는 그날로 족하니라.'라는 말을 떠올리고 그대로, '하루의 노고'라고 적었다.

별다르지 않은 생활을 하고 있다. 그다지 보고하고 싶은 것도 없다.

무대 없는 배우는 존재하지 않는다. 그건 우스꽝스럽다.

요즘 점점, 나의 고뇌에 대해 우쭐거림을 지니게 되었다. 그저 자조하고 있을 수만은 없음을 느꼈다. 태어나서, 처음 있는 일이다. 나의 재능에 대해, 명확한 객관적 파악을 할 수 있었다. 나의 지식을 지나치게 허술히 여기고 있었다는 사실도 깨달았다. 이런 남자를 언제까지나 빈둥빈둥 놔두기엔 아깝다, 라고 농담이 아니라, 생각하기 시작했다. 태어나 처음으로, 자애(自愛)라는 단어의 참뜻을 알았다. 에고이즘은, 흔적 없이 사라졌다.

상냥함만 남았다. 이 상냥함은 예사롭지 않다. 고지식함만 남았다. 이것도, 예사롭지 않다. 이렇게 말하고 있는 어수룩함, 이것도 예사롭지 않다.

그 예사롭지 않은 남자가, 자아! 하고 몸을 일으키건만, 아무것도 없다. 할 일이 아무것도 없다. 붙잡을 실마리 하나 없다. 쓴웃음 지을 뿐.

발표를 단념하고 작업을 한다는 것, 이는 작가가 선한 사람이라서가 아니다. 악마 이상이다. 상당히, 무시무시한 일이다.

시시껄렁한 말만 하고 있다. 방문객은 어이가 없어, 돌아갈 채비를 시작한다. 구태여 붙들지 않는다. 고독해질 각오도, 이미 되어 있을 터다.

더욱, 더욱 지독한 고독이 찾아오리라. 어쩔 수 없지. 진작부터 복안을 마련한 장편 소설에, 슬슬 착수한다.

추잡스러운 남자. 이 추잡스러움을 두려워해선 안 된다. 나는 나 자신의 꼴불견에 꽃을 피울 수 있다. 일찍이, 배제(排除)와 반항은 작가 수행의 첫걸음이었다. 엄격한 결벽을 달갑게 여겼다. 완성과 질서야말로 동경했다. 그리하여, 예술은 시들어 버렸다. 심벌리즘*은, 고사하기 직전의 아름다운 꽃이었다. 멍청이들은, 이 가미다나** 아래서 순사(殉死)했다. 나 또한 뒤늦게나마, 이 가미다나 아래서 동사(凍死)했다. 죽은 줄 알았건만, 목덜미가 굵다란 이 북방의 농민은 무어라 중얼중얼하면서 부스스 몸을 일으켰다. 큰 웃음거리가 되었다. 농민은, 부끄러움을 느꼈다.

---

*　symbolisme. 상징주의.

**　집 안에 신위를 모셔 두고 제사 지내는 선반.

농민은, 굉장히 난처했다. 한때는 허둥거리며 죽은 시늉 따윌 해 보았지만, 모조리 틀려먹었다.

농민은, 괴로웠다. 아무도 눈치채지 못하게, 괴로웠다. 번민이여! 고마워라.

나는, 나의 젊음을 깨달았다. 그걸 깨달았을 때, 나는 홀로 눈물 흘리며 크게 웃었다.

배제 대신 친화가, 반성 대신 자기 긍정이, 절망 대신 혁명이. 모든 게 빙그르르, 급회전했다. 나는, 단순한 남자다.

낭만적 완성 혹은 낭만적 질서라는 개념은, 우리를 구해 준다. 언짢은 것, 싫어하는 걸 공들여 정리하며 낱낱이 이를 배제하기 위해 노력하는 사이, 해가 저물고 말았다. 그리스를 동경해선 안 된다. 이건 이제, 확실히 이 세상에 두 번 다시 오지 않는다. 이것은, 단념해야만 한다. 이것은, 버려야만 한다. 아아! 고전적 완성, 고전적 질서. 나는 그대에게 죽을 만치 괴롭고 깊은 연모의 심정을 담아 경례한다. 그리고 말한다. 안녕히.

옛날, 고지키 시대에는 작가 모두가 동시에 작중 인물이었다. 거기에, 아무런 구애됨도 없었다. 일기는 그대로 소설이고, 평론이고, 시였다.

로맨스의 홍수 속에 성장해 온 우리는, 그저 그대로 걸어 나가면 된다. 하루의 노고는, 그대로 하루의 수확이다. "근심하지 말라. 공중의 새를 보라. 심지도 않고, 거두지도 않고, 창고에 모아들이지도 않는다."

뼛속까지 소설적이다. 이걸 난감해해선 안 된다. 무성격, 좋아. 비굴함, 괜찮아. 여성적, 그래? 복수심, 좋아. 알랑쇠, 이것도 좋아. 나태함, 좋아. 연인, 좋아. 도깨비, 좋아. 고전적 질서에 대한 동경이건 결별이건 무엇이든 모조리 떠맡고, 한데 통틀어, 그대로 걷는다. 여기에 생장(生長)이 있다. 여기에 발전의 길이 있다. 일컬어, 낭만적 완성, 낭만적 질서. 이건 완전히 새롭다. 쇠사슬에 묶인다면, 쇠사슬 그대로 걷는다. 십자가에 매달아진다면, 십자가 그대로 걷는다. 감옥에 넣어진들, 감옥을 부수지 않고 감옥 그대로 걷는다. 웃어선 안 된다. 우리는 이것 말고 달리 살아갈 길이 이제 없다. 지금은 그토록 웃고 있지만, 어느 날엔가 당신은, 짚이는 데가 있으리라. 남은 건 패배의 노예냐, 사멸이냐, 어느 하나다.

말하는 걸 빠뜨렸다. 이건 관념이다. 늘 평소에 충분히, 총명하고 주의 깊게 행할 일이다.

당신이 워낙 이야길 잘 들어 주니 그만 흥이 나서, 깜빡 중요한 걸 입 밖에 내고 말았다. 이러면 안 되는데. 조금, 불쾌한걸.

당신에게 묻는다. 심벌(symbole)이 아니면 이야기를 할 수 없는 인간의, 애정의 세심함을, 당신은 이해하는가?

어쩐지, 몹시 불쾌하다. 다소나마 당신을 이해시키려 애쓴 나 자신의 초조감을 깨닫고, 나는 이토록 기분이 상하고 말았다. 나 자신의, 고독의 파탄이 불쾌한 거다. 이렇게 되면 낭만적 완성도, 스스로 입 밖에 내놓았음에도, 어지간히 수상쩍은 것이다. 바로 그 순간, 목소리 있으니, 그 수상쩍음까지 통틀어, 이를 낭만적 완성이라 일컫는다.

나는 딜레탕트*다. 색다른 걸 즐긴다. 생활이 작품이다. 횡설수설한다. 내가 쓰는 것, 그게 어떤 형식일지라도, 그건

---

*   dilettante. 학문과 예술을 취미 삼아 하는 사람을 이른다.

틀림없이 나의 전(全) 존재에 솔직했음 직하다. 이 안심감은, 대단한 거다. 대뜸 태도가 매섭게 싹 바뀌고 만 모양새다. 스스로도 어이가 없다. 어떻게든, 손을 댈 수가 없다.

당신을 한번, 웃겨 볼까나. 이건 나직한 소리로 말하는데, 아무래도 난 요즘 너무 살이 찌고 말았어.

정도가 지나쳤다. 덩치가 너무 큼지막해서, 속으론 절절맨다. 만성(晚成)하게 될 큰 그릇인지도 모른다. 한 친구에게서 동상 연기(銅像演技, statue play)라는 찬사가 주어졌다. 걸맞은 무대가 없다. 무대가 뚫어지도록 밟아 버린다. 야외극장은 어떤가.

배우로 말하자면 히코사부로*다 뭐다 하며 방문객을 한바탕 웃기고는 다시, 나직한 소리로 중얼거리기를, "악마(satan)는 홀로 흐느껴 운다." 이 남자, 여간내기가 아니다.

작가는, 로맨스를 쓸 일이다.

---

*   반도 히코사부로(坂東彦三郎). 대를 이어 세습하는 가부키 배우의 명칭.

답안 낙제

「소설 수업(修業)에 대해 말하라」라는 출제는, 나를 곤혹스럽게 했다. 취직 시험을 보러 갔다가 초등학교 산술 문제를 받아 들고, 된통 허둥지둥하는 모습과 흡사하다. 원 면적을 산출하는 공식도, 학과 거북이 셈* 응용문제 방식도 몹시 미덥지 않고 차라리 대수(代數)라면 풀 수 있는데, 하면서 괴롭고 답답한 한숨을 내쉬는 꼴과 살짝 닮았다.

이것저것 복잡하게 겸언쩍고, 나는 창피스러운 심정이다.

스타트 라인에 늘어서서, 아직 출발 신호인 피스톨이 울리기도 전에 뛰어나가, 심판이 제지하는 소리도 귀에 들어오지 않는다. 열심히 달리고 달려서 드디어 100미터, 득의만면으로 결승선에 뛰어들어 이제 사진반 플래시를 기대하며 히죽, 웃어 보이건만, 낌새가 조금 딴판이다. 갈채도 하나 없고, 자리를 가득 메운 사람 모두가 딱하다는 듯 그 선수의 얼굴을

---

*   산수에서, 학과 거북의 합계 마릿수와 그 다리의 합계를 제시하여 각각의 수를 구하게 하는 문제.

보고 있다. 선수는 그제야, 퍼뜩 자신의 실수를 알아차리는데, 창피하달까 괴롭달까, 뭐랄까, 도무지 얘깃거리가 안 된다.

또다시 나는 맥없이 출발점으로 되돌아가, 온몸이 후줄근히 지쳐 거친 숨을 쌕쌕 토하면서 스타트 라인에 늘어섰다. 반칙 출발을 저지른 벌로, 다른 선수보다 1미터 뒤 위치에서 달려야만 한다. "준비!" 심판의 냉혹한 목소리가 다시금 터져 나온다.

나는 잘못 생각하고 있었다. 이 레이스는 100미터 경쟁이, 아니었다. 1000미터, 5000미터, 아니 아니, 더욱 기다란 대(大)마라톤이었다.

이기고 싶다. 볼품없이 안달하며 정력을 있는 대로 소진해 이토록 지치고 말았지만, 그래도 나는 선수다. 이기지 않으면 살아갈 수 없는 단순한 선수다. 누군가, 앞날이 희박한 이 선수를 위해 성원을 보내 줄 고매한 인사는 안 계시는지?

지지난해 즈음, 나는 내 생애에 푼크트*를 찍었다. 죽는다고 생각했다. 믿고 있었다. 그리될 수밖에 없는 숙명을 믿고 있었다. 자신의 생애를 스스로 예언했다. 신을 모독한 것이다.

죽는다고 생각한 건, 나만이 아니었다. 의사도, 그렇게 생각했다. 아내도, 그렇게 생각했다. 친구도, 그렇게 생각했다.

하지만 나는, 죽지 않았다. 나는 꽤나 신의 총아임이 틀림없다. 바랐던 죽음은 주어지지 않고, 그 대신 현세의 엄숙한 괴로움이 주어졌다. 나는 부쩍부쩍 살이 쪘다. 애교도 없고 무뚝뚝한, 그저 땅딸막하니 덩치 크고 못생긴 서른 살 남자에 불

---

* 독일어 Punkt. 점, 반점이라는 뜻. 이 글에서 영어 period(마침표)와 비슷하게 사용되었다.

과했다. 신(神)은, 이 남자를 세상의 조소와 지탄과 경멸과 경계와 비난과 유린과 묵살의 불길 속으로 던져 넣었다. 남자는 그 불길 속에서, 잠시 굼실굼실하고 있었다. 고통의 외침은 세상의 조소 어린 목소리를 더욱더 요란스레 만들 뿐일 테니, 남자는 온갖 표정과 말을 억누른 채 그저, 애벌레처럼 굼실굼실하고 있었다. 무시무시하게도, 남자는 더더욱 튼튼해지고, 귀염성이라곤 털끝만큼도 없이 사라졌다.

진지함. 묘하게, 진지해져 버렸다. 그러고는, 또다시 출발점에 섰다. 이 선수에겐, 앞날이 있다. 경쟁은 마라톤이다. 100미터, 200미터 단거리 레이스에선, 이미 이 선수, 전혀 가망이 없다. 발이 너무 무겁다. 보라! 저 둔하고 굼뜬, 마치 소 같은 풍모를.

변하면 바뀌는 법이다. 50미터 레이스라면, 암튼 금세기, 그의 기록을 깰 자는 없겠지, 라는 팬의 속삭임. 선수 자신도 은근히 그걸 허용했던, 그 날렵함이 매와 같은 다자이 오사무라던가 하는 젊은 작가, 이것이 그의 재생한 모습일런가. 머리는 나쁘고, 문장은 서툴고, 학문은 없고, 모든 게 어설픈 곰손이 따로 없는데, 더군다나 못생긴 용모, 딱 한 가지 장점은 몸이 튼튼한 것뿐이었다.

뜻밖에, 장수하는 거 아니야?

이렇듯 터무니없는 이야기를 하고 있다간 끝이 없다. 뭔가 한 가지, 알맹이 있는 이야기라도 할까? 알맹이가 있다, 없다, 하는 것도 묘하다. 옛날, 발전기를 발명하고서 득의양양 우쭐대던 참에, 어느 귀부인한테서, "하지만 박사님, 그 전기라는 게 생겨난들, 그게 어찌 되는 건가요?" 이런 질문을 받고, 박사는 참으로 기가 막혀, "사모님, 이제 막 태어난 갓난 아기에게, 넌 무얼 건설할 거니? 하고 질문해 보세요." 이렇게 대답하고 도망쳐 버렸다는 이야기가 있지만, 수천만 년 전 세계엔 어떤 동물이 있었는가, 1억 년 뒤엔 이 세계가 어떻게 되는가, 그런 이야기는 대체 알맹이가 있는지 어떤지. 나는 알맹이 있는 이야기라고 생각하는데.

베니티.* 이 강인함을 얕봐서는 안 된다. 허영은, 어디에 나 있다. 승방(僧房) 안에도 있다. 감옥 안에도 있다. 묘지에조차 있다. 이걸 보고도 못 본 척해서는 안 된다. 똑바로 몸을 돌려 마주하고, 자신의 베니티와 대담해 보는 것이 좋다. 나는, 남의 허영을 비난할 생각은 없다. 다만, 자신의 베니티를 거울에 비추어 잘 보라! 말하는 거다. 보았다, 하면 결과는 구태여 남에게 말하지 않아도 된다. 말할 필요가 없다. 그러나 한 번은, 똑똑히, 앞뒤로 거울을 마주 비추어 유심히 지켜봐 둘 필요가 있다. 한 번 본 사람은, 그 사람은, 사려 깊어지리라. 겸손해지리라. 신(神)의 문제를 깊이 생각하게 되리라.

거듭 말한다. 나는 베니티를 나쁘다고 말하는 게 아니다. 그건 어떤 경우, 생활 의욕과 결부된다. 높은 리얼리티와도 결부된다. 애정까지도 결부된다. 나는 수많은 사상가가 신앙이나 종교를 설파하면서도 그 한 걸음 앞, 현세의 베니티를 우직할 만치 언급하지 않음을 의아스럽게 여길 따름이다. 파스칼은, 약간.

베니티는, 애처로운 것이다. 그리운 것이다. 그만큼, 곤혹스러운 것이다.

*   vanity. 자부, 자만, 허영(심).

길게 볼 일이다. 대마라톤이다. 지금 당장 한꺼번에, 모든 문제를 해결하려고 생각하지 마라. 천천히 대비하고, 하루하루를, 그나마 후회 없이 보내게나. 행복은, 삼 년 늦게 온다, 하던가.

일보전진 이보퇴각(一步前進 二步退却)

　　일본뿐만이 아닌 듯하다. 또한, 문학뿐만이 아닌 듯하다. 작품의 재미보다도, 그 작가의 태도가 우선 마음에 걸린다. 그 작가의 인간됨을, 나약함을 탐지해 내지 않고는 승낙하지 못한다. 작품을 작가와 동떨어진, 서명 없는 일개의 생물로서 독립시켜 주질 않는다. 『세 자매』를 읽으면서도, 그 세 사람의 젊은 여자 뒤쪽에, 쓴쓰레하니 웃음 짓는 체호프의 표정을 의식한다. 이런 감상법은 똑똑함이요, 예리함이다, 안력(眼力), 종이 뒤를 꿰뚫는다*고 하니, 대단하다. 우쭐우쭐 잘난 척. 예리함이니 창백함이니 따위, 얼마나 물러 터지고 통속적인 개념인지 알아야만 한다.

　　가여운 건, 작가다. 무심코 큰 소리로 웃을 수도 없게 됐다. 작품이, 정신 수양 교과서로 취급당하는 데야, 도무지 참기 힘들다. 야하고 난잡한 이야기를 해도, 그 화자가 진지한 낯을 하고 있으면, 진지한 낯을 하고 있으니까, 그건 진지한

---

* 　문상 뒤 숨은 뜻을 캐낸다. 즉 독서의 이해력이 깊다는 뜻.

이야기다. 웃으면서 엄숙한 이야기를 하고 있어도, 그건 웃으면서 이야기하고 있으니까, 터무니없는 거짓말이다. 묘하다. 내가 밤늦게 마침 지나는 길에 파출소에서 불러 세워 꼬치꼬치 성가시게 물어 대기에, 조금 높다란 목소리로, 저는, 저는, 아무개입니다! 하고 군대식 어투로 대답했더니, 태도가 좋다고 칭찬받았다.

작가는 더욱더 갑갑해진다. 여하튼, 눈의 광채가 종이 뒤까지 꿰뚫는 독자만을 상대하는 터라, 마음 놓이지 않는다. 하도 긴장한 나머지, 그만 책상 앞에 반듯이 앉은 채, 그대로, '침묵은 금'이라는 격언을 한도 끝도 없이 긍정하는, 그런 애처로운 작가마저 나오지 않는다고도 할 수 없다.

겸양을 작가에게만 요구하니, 작가는 몹시도 황송스러워하며 비굴할 만큼 자기를 낮추고, 그리하여 독자는 주인 나리다. 작가의 사생활, 밑바닥의 밑바닥까지 벗겨 내려 한다. 무례하다. 헐값에 내다 파는 건 작품이다. 작가의 인간됨까지 팔지는 않는다. 겸양은, 바로 독자에게 요구하고 싶다.

작가와 독자는, 한 번 더 전혀 새로이 토지 분할 협정을 맺을 필요가 있다.

가장 고급스러운 독서법은, 오가이건 지드건 오자키 가즈오*건, 순순히 읽어 분수에 걸맞게 즐기고, 다 읽었으면 시원시원하게 고서점으로 가져가, 이번엔 루이코**의 『사미인(死美人)』과 교환해 와서, 다시 두근두근 설레며 탐독하는 것. 무

---

* 尾崎一雄(1899∼1983). 소설가. 생활의 애환이 깃든 심경 소설을 남겼다.

** 구로이와 루이코(黒岩涙香, 1862∼1920). 신문 기자, 문학자. 탐정 소설 번역으로 이름을 알렸다.

얼 읽을지는, 독자의 권리다. 의무가 아니다. 그건 마땅히 자유로워야 한다.

1939

당선된 날

1 가난한 작가

이번 국민신문의 단편 소설 콩쿠르에 당선되었기에, 그날 이야기를 솔직하게 써 보려고 한다. 나는 올해 정월에 고후(甲府) 사람과 평범한 중매결혼을 했다. 하지만 내겐 한 푼의 저금도 없었으니, 당장 도쿄에서 살림을 꾸릴 수 없었다. 집 보증금으로 100엔 남짓 마련해야 하고, 그 밖에 가재도구를 죄다 사야만 하고, 그러자면 아무래도 훌쩍 100엔은 필요할 텐데, 여하튼 결혼 당시 내겐 입고 있는 기모노와 책상과 침구, 그것뿐이었던 터라 몹시도 마음 괴로운 일이 많았다. 처음 우리는 어딘가 깊은 산속의 값싼 숙소라도 구해, 거기 숨어 지내면서 내가 어쨌건 힘껏 일하여 집을 얻을 수 있을 만한 돈을 벌겠노라, 그런 걸 의논하기도 했는데 다행히 고후의 처가 근처에서 6엔 50전, 방 세 개짜리 자그마한 집을 찾아냈다. 당분간 여기라도 괜찮지 않겠는가, 산속 숙소보다 저렴하게 치일지도 모른다, 하고 풍로며 빗자루며 양동이를 사서 그 집에 자리 잡았다. 보증금도, 이곳은 필요 없었다.

고후 시내 변두리여서, 앉아 있어도 방 창문으로 후지산이 또렷이 보인다. 포도 덩굴 시렁도 있고, 사립짝도 있고, 무엇보다도 값이 저렴하여 6엔 50전인지라, 그것이 기뻤다. 기차 울림이 희미하니 들려오는 정도로, 밤에는 8시 지나면 잠잠하다.

"알겠지? 쓸쓸함에, 져선 안 돼. 그게 가장 중요한 마음가짐이라고, 난 생각해."

나는 약간 말투를 가다듬고, 그러한 걸 아내한테 일렀다. 나 자신, 쓸쓸함에 질 듯하여 어쩐지 불안했던 탓이기도 하다.

이 집에서 가장 먼저 쓴 소설은 「황금 풍경」*으로, 열 매가 채 안 되는 단편이었다. 그 단편이 이번 콩쿠르에 당선된 것이다. 나는 당선 같은 건, 정말이지, 그런 건 꿈에도 생각하지 않았다. 지금껏 내 성격이나 체질 따위에 대해 상당히 과장된 말이 오가는데, 틀림없이 내게도 미숙한 점이 있고 분명히 그건 나의 미흡한 구석이었지만, 얼토당토않은 전설을 일부 사람들이 곧이곧대로 믿어 버리는 낌새여서, 내 평판은 매우 좋지 않았다. 당선 따윈 상상조차 할 수 없는 일이라, 아내한테도 그리고 처가 사람들한테도 "이번에 국민신문에서 단편 소설 콩쿠르가 있어 저도 씁니다만 뭐, 꼴찌에서 두세 번째, 그쯤으로 생각하고 계세요. 아니, 정말로 그렇거든요." 어느 때였나 그리 말해서 웃은 적이 있는데, 그때 장모님 혼자 웃지

* 　다자이 오사무, 『달려라 메로스』(유숙자 옮김, 민음사, 2022)에 수록되어 있다.

않고 진심으로 쓸쓸하다는 표정을 지어 보이기에, 나는 그것을 알아차리곤 엄청스레 풀이 죽고 말았다.

2 네 사람을 존경한다

4월 22일 아침, 나는 이번에 출간할 예정인 『사랑과 미(美)에 대하여』라는 미발표 단편집의 교정쇄를 이부자리에서 받아 들었다. 그 교정쇄와 함께 속달 엽서가 왔는데, 거기에 간바야시 씨와 다자이가 콩쿠르에 당선되었다, 라는 내용이 적혀 있어서, 처음에 나는 얼떨떨했다. 아무 생각이 없었다. 그저 보고만 있었다. 차츰 사정이 분명해졌고, 그제야,

"이봐, 이봐!" 부엌의 아내를 불러, 그 엽서를 보였다.

"묘하네요." 아내도, 한순간, 묘한 표정을 지었다.

"암튼 역에 가서, 신문을 사 와야지." 그 엽서엔, 22일 신문에 상세히 발표되어 있습니다, 라고 적혀 있었던 것이다.

역까지, 걸어서 15분쯤 걸린다. 아침 8시 조금 전, 등교를 서두르는 중학생 행렬이 까맣게 줄줄이 이어지고 있었다. 걸으면서, 서서히 기쁨이 차올랐다. 당선이라는 사실이, 똑똑히 손에 잡힐 듯 실감되었다. 문득 중학교에 합격했을 때의 기분이 떠올랐는데, 그때의 기쁨도 이런 거였다. 한순간 주변의 경치가 쨍하고 쾌청해진 듯한, 갑자기 내 키가 한 자(尺)나 자라서 다른 인종이 된 듯한, 역시나 화사한 기분이었다. 장모님에게 제일 먼저, 그 신문을 보여 주고 싶었다. 역에서 신문을 산 뒤, 그걸 치가의 우편함에 은근슬쩍 던져 넣어 둘까, 라는 생

각도 했다. 어머니는 나처럼 가진 거 하나 없는 가난한 서생에게 딸을 주어, 필시 속으로는 쓸쓸한 심정이리라. 단단히 결심하고 주었음이 틀림없다. 나는 조금이라도, 어머니가 기뻐하는 모습을 보고 싶었다. 내게는 낳아 준 친어머니도 있지만, 이런저런 사정으로 지금은 소식이 끊긴 상태라, 효도하고 싶어도 좀처럼, 그게 허용되지 않는 처지이다 보니, 적어도 이 장모님에게만은 자식으로서 의무를, 아주 조금이나마, 무력한 내가 할 수 있는 작은 범위 안에서라도, 뭔가 하고 싶다고 바라는 것이다.

정거장 매점에는, 국민신문이 한 부 남아 있었다. 나는 5전을 집어넣고, 그걸 샀다. 정거장 대합실 벤치에 걸터앉아, 그 신문을 펼쳐 보았다. 내 사진이 간바야시 씨 사진과 나란히 실려 있었다. 내 얼굴은 약간 수정되어, 뽀얗게 인쇄되어 있었다. 하지만 역시나 울상을 지은 듯한 얼굴이었다. 나는 네 표를 얻었다. 네 사람. 나는 와락, 진지해졌다. 마음 든든히 여겨졌다. 네 사람. 네 사람이, 나에 관한 지금까지의 악평을 물리치고 과감히 투표했다. 아름답다고 생각했다. 엄숙함을 느꼈다. 옷깃을 단정히 여미고 싶은 심정이었다. 네 사람. 곧장 그 가운데 두 사람의 얼굴이 떠올랐다. 나머지 둘은, 내가 모르는 사람일지도 모른다. 나는 이 네 사람을 잊어서는, 안 된다. 나는 고분고분 말하겠습니다. 나는 이 네 사람을 영원히 존경하련다.

3 평온하고 좋은 날

그 신문을 품에 넣고 집으로 돌아왔다. 아무려나, 처가의 우편함에는 넣기 힘들었다. 아내한테도 보이고 싶었던 거다.

아내는 그 신문을 읽고,

"그래도, 잘됐네요. 간바야시 씨와 함께라서, 전 무척 마음 놓여요. 당신 혼자라면, 당신도 괴로울 테지요?"

나는 아내를 칭찬하고 싶었다. 나도 간바야시 씨와 함께인 것, 그래서 특히나 마음 든든하고, 더구나 ─ 이건 기명 투표이니 공표해도 지장이 없겠다 싶은데 ─ 나의 진지한 한 표를 간바야시 씨의 「한겨울 붕어」에 던진 터라, 나의 기쁨도 두 배가 된 것이다. 나는 아침 식사 전에 교정 일을 마무리 지어 버릴 작정으로 책상 앞에 앉았는데, 난데없이 어머니가 찾아왔다. 어머니는 고후의 란도라는 하이킹 모임에서 야마타카의 진다이사쿠라에 갈 사람을 모집하고 있다 하니 가 보면 어떤가, 단체라면 이런저런 설명도 해 줄 테고, 게다가 여비가 저렴하여 1엔 남짓이니 이번 기회에 가는 게 어떤가, 날마다 그렇게 일만 하지 말고, 잠깐 기분 전환을 하면 어떤가, 하고 우리에게 하루 나들이를 권하러 온 것이었다.

"아, 그리고 이 책은 정말 고마웠네!" 하고 요전에 나한테 빌려 간 심농*의 탐정 소설을 보자기에서 꺼내,

---

* 조르주 심농(Georges Joseph Christian Simenon, 1903~1989). 벨기에 소설가. 가상의 탐정 쥘 매그레가 등장하는 「매그레 시리즈」의 창작자로 널리 알려져 있다.

"훌륭하던걸. 심농이라나, 이 사람." 어머니는 올해 예순 다섯 살인데, 뒤마나 코난 도일의 기이한 탐정 이야기들을 즐긴다. 영어도 조금 읽을 수 있다. "이 사람 걸로, 또 뭐 없을까?"

"네, 그것보다도." 나는 국민신문을 꺼내, "여기에, 꽤 괜찮은 게 나와 있습니다."

나도 아내도 웃고 있는 터라 어머니도 덩달아 웃음 지으며,

"뭘까? 안경 없이는 제대로 읽을 수가 없는데. 어머, 어머! 사진이 나와 있네!"

"제가, 언젠가 알려 드렸죠? 국민신문이 콩쿠르를 하는데, 저는 평판이 좋지 않으니 꼴찌에서 두세 번째일 거라고."

"그랬나?" 어머니는 어리둥절해했다. 까맣게 잊어버린 모양이었다.

말없이 신문을 읽고 있었다. 다 읽고 나서,

"「황금 풍경」은 어떤 소설인가? 난 아직 읽지 못했는데." 작품을 읽어 보지 않고는, 어머니도 당선 사실이 믿기지 않는 낌새였다. 어쩐지 불안한 듯했다.

"그게 말이죠, 도무지 자신 없습니다. 도저히 보여 드릴 수 없어요. 인정(人情)으로 당선되었거든요." 그리 말하고선, 그래도 '인정'이라 단언해 버리면, 진지하게 투표해 주신 네 사람에게 미안한걸! 생각했다. 그러한 부분을, 말로 표현하기가 힘들었다.

진다이사쿠라에는 군이 단체로 갈 거 없이 우리끼리 느긋하게 구경 가요, 상금 받으면 그 돈으로 가요, 그렇게 합시다,

라고 셋이서 이야기를 마무리했다.

　어머니가 돌아간 뒤, 나는 교정 일을 시작해 정오 즈음에 마치고, 늦은 아침을 먹었다. 그러고 나서 마감이 빠듯한 소설을 조금씩 써 나가다가, 그새 연신 울적해졌다.

　"이봐, 뭐 대단한 일도 아니잖아."

　"아니에요, 전 요만한 기쁨이, 제일 행복한걸요. 500엔, 1000엔 받기보다, 간바야시 씨와 두 사람이 50엔씩 받아서, 어찌나 흐뭇한지!"

　나는 해 질 녘까지 일을 계속했다. 처제가 아내에게 겹옷 한 벌을 가져다주며,

　"이거, 엄마가 언니한테 주랬어." 칭찬으로 보낸 상일지도 모른다.

　밤엔 또 속달로 교정쇄가 와서, 12시 언저리까지 붙들고 있었다.

정직(正直) 노트

　정직하게 말씀드리지요. 저는 앞으로 쓰고자 하는 소설, 또는 과거에 쓴 소설의 의도, 바람, 그 고심(苦心)을, 그다지 말하고 싶지 않습니다. 그게, 저의 오만함 탓은 아니라고 생각합니다. 쓰고 나서 그것이 상대방에게 받아들여지지 않았다면, 더는 어찌해 볼 도리 없는 일이고, 앞으로 쓰고자 마음먹은 소설에 대해 아무리 열정(passion)을 지니고 이야기한들, 지금으로선 제가 그토록 우수한 대(大)걸작, 쓸 수 없음을 알고 있습니다. 현재 작가로서의 제 역량도 얼추 가늠할 수 있는 데다, 무엇보다도 저는 지금, 좀 더 정직해져야만 합니다. 많은 작가가 자신의 분수를 모르는 포부를 순진하게 이야기하는 걸 듣고 있으면, 저는 그 사람들이 부럽다는 생각에, 살아 있는 것이, 무턱대고 괴롭게 여겨집니다. 아시겠어요? 하지만 저는, 그런 작가들을 결코 부정할 수 없습니다.

　저 역시 약을 먹을 때는, 우선 그 약품에 첨부된 효능 쪽지를 꼼꼼히 읽고, 영어로 쓰인 부분까지도 미덥지 않은 어학 실력으로 독파하고, 그런 뒤에야 흡족한 미소를 띠며 그 우수(하다고 적혀 있는) 약품을 복용하고, 즉각 약효가 나타난 듯한 착각에 빠지면서 만족스러워하는 형편이니까요. 효능 쪽지가 없는 약품 따윈, 현(絃)이 없는 바이올린처럼 덧없고 차분해지지 않는 느낌입니다. 효능 쪽지는, 없어선 안 되는 것이겠지요.

하지만 예술이 약인가 어떤가, 이런 점에서는, 다소 의문도 생깁니다. 효능 쪽지가 딸린 소다수를 생각해 보지요. 위장에 좋다는 교향악을 생각해 보지요. 벚꽃을 보러 가는 건, 축농증을 고치러 가는 게 아닐 테지요. 저는 이런 생각마저 합니다. 예술에 의의나 이익의 효능 쪽지를 원하는 사람은, 도리어 자신의 살아 있음에 자신감을 지니지 못하는 병약자다. 꿋꿋하게 살아가는 직공, 군인은 바로 지금 예술을, 아름다움을, 마음 내키는 대로 순수하게 즐기고 있지 않은가.

"대(大)뒤마, 재미나던걸요? 보들레르의 시도 상당히 독특하던데요. 요전에, 뭐라더라? 슈니츨러*인가, 그 사람의 단편을 읽어 보았는데 그 사람, 능숙해요." 그러고는 해맑게 문학을 즐기는 겁니다. 이런 사람들에게 효능 쪽지는 그리 필요하지 않을 성싶네요. 마음이 놓입니다. 효능 쪽지가 필요한 이는, 당신들 (용서하세요.) 병약자뿐입니다. 정신 차리세요.

저는 불친절한 의사일지도 모릅니다. 저는 제 작품을 두고 이건 걸작이라는 둥, 말한 적이 없습니다. 졸작이다, 라고 말한 적도 없습니다. 그건 걸작도 아닐뿐더러 졸작도 아님을 알기 때문입니다. 살짝, 괜찮은 편인지도 모르지요. 하지만 지금껏, 저는 단 한 편도, 걸작을 쓰지 못했습니다. 그건 확실합

---

*   아르투어 슈니츨러(Arthur Schnitzler, 1862~1931). 오스트리아의 소설가, 극작가, 의사. 미묘한 정서와 인간의 심리를 파헤치는 특징을 보여 준다.

니다. 얼마 전에도 어느 선배분과 이야기를 나누었습니다만, 정말이지 자기 스스로 가슴속에 쿵 하고 깡그리, 깨끗이 납득되는 작품 하나인들 내가 썼다면, 또한 지금 당장 쓸 수 있는 자신감이 있다면, 어째서 이렇듯 시궁쥐처럼, 어정버정하고 있겠는가. 긴자(銀座)든 의사당 앞이든, 제국대학 구내든 멋들어진 차림새로 당당히 걸어 보이련만, 아무래도 안 되겠어요, 당분간, 저는 글렀겠지요. 그리 말했더니 그 선배분도, 과연, 남한테서 귀하의 대표작은? 하고 질문받았을 때, 글쎄, 『벚꽃 동산』,『세 자매』* 같은 건 어떨까요, 라고 조심스레 대답할 수 있다면야 좋겠지, 이렇게 잔잔히 대답했던 것입니다.

---

* 러시아의 극작가, 소설가인 안톤 체호프의 대표작들.

시정 논쟁

9월 초, 고후에서 이곳 미타카(三鷹)로 이사한 지 나흘째인 한낮 즈음, 농민 옷차림의 이상한 여자가 오더니, 이 근처 농민입니다, 라며 거짓말하고 억지스레 장미를 일곱 그루, 강매했다. 나는 가짜인 줄 알면서도 나 자신의 비굴한 나약함 탓에, 딱 잘라 거절하지 못한 채 4엔을 빼앗기고는 나중에 기분이 몹시 언짢았다. 그러고 나서 한 달 지난 10월 초, 나는 그때의 가짜 농민 모양새를 소설에 써서 문장을 다듬고 있는데, 난데없이 마당에서 "실례합니다. 저는 요 앞 온실에서 왔습니다만, 뭔가 화초 구근이라도……." 이렇게 말하고, 마흔 줄의 남자가 주뼛주뼛 마루 끝에서 웃고 있다. 요전의 가짜 농민과는 다른 사람이지만 똑같은 부류의 인물이려니 싶어, "안 돼요. 지난번에도 장미를 여덟 그루, 어쩔 수 없이 심고 말았거든요." 하고 내가 여유만만 웃는 얼굴로 말하자, 그 남자는 살짝 낯빛이 푸르스름해져,

"뭡니까? 어쩔 수 없이 심고 말았다니, 무슨 말입니까?" 대뜸 위협적으로 바뀌며, 나를 물고 늘어졌다.

나는 겁이 나서, 몸이 와들와들 떨렸다. 차분함을 내보이기 위해 책상 위에 손바닥으로 턱을 괸 채 애써 웃음을 띠고,

"아니, 그게, 저기 마당 귀퉁이에, 장미가 심기어 있지요? 그거, 속아서 산 겁니다."

"나하고 무슨 상관이 있습니까? 희한한 말씀을 다 하네요! 내 얼굴을 보고선, 어쩔 수 없이 심었다느니, 희한한 말씀 아닙니까?"

나도 이젠 웃지 않고,

"당신 이야길 하는 게 아네요. 일전에 내가 속아 넘어가서 언짢았기에, 그 얘길 하는 거라고요. 당신은, 그런, 말투가 그래선, 안 되지요!"

"흥! 잔소리 들으러 온 줄 아나. 피차, 일대일 아닌가? 5리(厘)*건, 1전이건 벌게만 해 준다면야. 난 장사꾼이거든. 얼마든지 예, 예, 해 주겠지만, 그도 아닐 바엔, 군이 당신한테 잔소리를 얻어들을 일은, 없어!"

"그건 억지야. 그렇담, 나도 억지를 부리자면, 당신은 나를 찾아오지 않았나?" 누구 허락을 받고 뻔뻔스레 남의 마당 안으로 불쑥 들어왔나? 라고 말할 생각이었으나, 그건 너무나 치사스러운 억지라서, 그만두었다.

"찾아왔으니, 그게 어떻다는 건가?" 장사꾼은 내가 말을 어물어물하고 있으니, 그 틈을 파고들었다. "난들, 한 집안의 가장이야. 잔소리 따윈 듣고 싶지 않아. 속아 넘어갔네 어쩌네 하지만, 이렇게 심어 두고서 즐기고 있지 않습니까?" 급소였다. 나는, 패색이 짙었다.

---

* 1전의 10분의 1.

"그야, 즐기고 있지. 난 4엔이나 빼앗겼다고."

"헐값 아닌가요?" 말이 끝나자마자 반발해 온다. 투지가 가득 넘친다. "카페에 가서 술 마시는 걸 생각해 보시지." 무례한 말까지 내뱉는다.

"카페 같은 덴 안 가요. 가고 싶어도 갈 수가 없어. 4엔인들, 나한텐 무지무지 쓰라렸다고요." 실상을 털어놓는 수밖에 없다.

"쓰라렸는지 어쨌는지, 내 알 바 아닙니다." 장사꾼은 더더욱 기세를 얻어, 흥, 흥! 나를 비웃었다. "그토록 쓰라렸거든, 선선히 자백하고 거절했으면 좋았잖아."

"그게 내 약점이야. 거절하지 못했지."

"그렇게 나약해서, 어쩌려고요?" 마침내 나를 경멸한다. "사내대장부, 그렇게 나약해서 잘도 이 세상을 살아가겠네요." 건방진 녀석이다.

"나도 그리 생각해. 그래서 앞으론, 필요 없을 때는 분명히 필요 없다고 거절해야지, 각오하고 있었던 거야. 그러던 참에 당신이 찾아온 거라고."

"하하하하!" 장사꾼은, 이야길 듣고 한바탕 웃었다. "그런 겁니까? 과연, 그랬군요." 여전히, 비아냥거리는 투다. "알겠습니다. 이만 물러가지요. 잔소리 들으러 온 게 아니니까. 일대일이라고. 으스댈 게 뭐 있나." 툭 던지다시피 말을 남기고 떠났다. 나는 은근히, 마음 놓였다.

거듭, 요전의 가짜 농민 묘사에 이것저것 가필해 가면서, 나는 시정에서 살아가는 일의 어려움을 생각했다.

옆방에서 바느질하고 있던 아내가 뒤늦게 나와서, 내가 응대하는 방식의 졸렬함을 비웃었는데, 장사꾼에겐 엄청 돈

많은 척하지 않으면 대번에, 그 모양으로 업신여기게 마련이
다, 4엔이 쓰라렸다는 둥, 상스러운 이야기는 앞으로 하지 마
시라, 했다.

1940

마음의 왕자

    일전에 미타(三田)*의 어린 학생 두 사람이, 우리 집으로 찾아왔습니다. 나는 공교롭게도 몸이 좋지 않아서 누워 있었는데, 잠깐 동안 끝날 이야기라면, 하고 미리 양해를 구한 뒤 이부자리에서 빠져나와, 솜옷 위에 겉옷을 걸쳐 입고서 면담했습니다. 두 사람 모두 상당히 예의가 바른 데다 재빨리 척척 중요한 이야기를 마치기 바쁘게, 돌아갔습니다.

    요컨대, 이 신문에 수필을 써 주십사 하는 용건이었습니다. 내가 보기엔, 두 사람 다 열예닐곱 남짓밖에 안 되어 보이는 온화한 소년이었습니다만, 그래도 역시 스무 살은 넘었을 테지요. 아무래도 근래, 사람의 나이를 가늠하기 힘들어지고 말았습니다. 열다섯 살의 사람도 서른 살의 사람도 마흔 살의 사람도, 또 어쩌면 쉰 살의 사람도, 똑같은 일에 화내고, 똑같은 일에 웃으며 흥거워하고, 또한 마찬가지로 조금 약삭빠르고, 또한 마찬가지로 나약하고 비굴하여, 실제 사람의 심리만

---

*   도쿄 미나토구의 한 지역. 여기서는 게이오기주쿠(慶応義塾)대학을 가리킨다.

을 보고 있노라면, 사람의 나이 차이 따윈, 마구 한데 얽히고설켜서 알 수 없어지고, 아무려면 어떤가 하는 식이 되고 맙니다. 요전의 학생 두 사람도 열예닐곱으로는 보이건만, 그 말 품새에는 언뜻 요령이 좋은 흥정 같은 것도 있고, 제법 노련한 구석이 있었습니다. 이를테면, 신문 편집자로서 이미 일가를 이루고 있었습니다. 두 사람이 돌아간 뒤 나는 겉옷을 벗고, 그대로 다시 이불 속으로 파고들어, 그리고 잠시 생각했습니다. 요즘 학생 여러분의 처지가, 어쩐지 가엾다고 여기게 되었습니다.

학생이란, 사회의 어느 부분에도 속한 이가 아닙니다. 또한, 속해서는 안 된다고 생각합니다. 학생이란 본디, 푸른 망토를 걸친 차일드 해럴드*여야만 한다고, 나는 완고하나마 믿는 사람입니다. 학생은 사색의 산책자입니다. 창공의 구름입니다. 완전히 편집자로 변모해선 안 됩니다. 완전히 공무원으로 변모해선 안 됩니다. 완전히 학자로 변모해서도 안 됩니다. 완전히 노련한 사회인으로 변모하는 것은, 학생에겐 무시무시한 타락입니다. 학생 자신의 죄는 아닐 테지요. 틀림없이 누군가가, 그렇게 되도록 만들었을 테지요. 그래서 나는 가엾다고 말하는 겁니다.

그렇다면 학생의 본디 모습은, 어떠한 것인가. 그에 대한 답안으로, 나는 실러**의 서사시를 한 편, 여러분에게 들려 드리지요. 실러를 좀 더 읽어야 합니다.

지금의 이 시국에선 더욱더, 많이 읽어야만 합니다. 대범

---

* 바이런의 시집 『차일드 해럴드의 순례』에 나오는 인물. 모험을 떠나는 차일드 해럴드의 모습에는 반항, 자유, 열정, 인간애 등이 깃들어 있다.
** 프리드리히 실러. 34쪽 각주 참조.

하고 강한 의지, 힘껏 밝고 드높은 희망을 줄곧 지니기 위해서라도 여러분은 지금이야말로 실러를 떠올리고, 애독함이 좋습니다. 실러의 시, 「지구의 분배」라는 재미있는 한 편이 있는데, 그 내용은 대체로 다음과 같습니다.

"받거라, 이 세계를!" 신의 아버지 제우스는 천상에서 인간에게 호령했다.

"받거라, 이건 너희 것이다. 너희에게 나는, 이것을 유산으로, 영원한 영지(領地)로 선사하겠다. 자아, 사이좋게 나눠 갖거라!" 그 소리를 듣고, 순식간에 앞다투어, 손이 있는 자들은 죄다 우왕좌왕, 자신의 몫을 서로 빼앗았다. 농민이 벌판에 경계의 말뚝을 박고, 그곳을 일구어 논밭으로 만들었을 때, 지주가 팔짱을 낀 채 나타나서는 큰소리쳤다. "그 7할은 내 것이다!" 또한 장사꾼은 창고 가득 채울 물자를 모으고, 장로는 오래 묵힌 귀중한 포도주를 뒤지고 다니고, 귀족들은 싱그러운 초록이 넘실대는 숲 둘레에 잽싸게 밧줄을 뻥 둘러쳐서, 그곳을 자신의 즐거운 사냥과 밀회의 장소로 삼았다. 시장(市長)은 번화한 거리를 탈취하고, 어부는 물가에 자신의 거처를 정했다. 모든 분할이 일찌감치 끝난 뒤, 시인이 어슬렁어슬렁 찾아왔다. 그는 아득히 먼 데서 찾아왔다. 아아! 그때는 그 어디에나 아무것도 없고, 모든 토지에 지주의 이름패가 나붙어 있었다. "오오, 무정하여라! 어째서 나 혼자만이 모두에게, 나 몰라라 따돌림을 당하는가. 바로 나, 당신의 가장 충실한 아들이?" 큰 소리로 푸념을 외치면서, 그는 제우스의 옥좌 앞에 몸을 던졌다. "제멋대로 꿈의 나라에서, 꾸물꾸물하더니."라며 신은 가로막았다. "나를 원망할 것 하나 없어. 넌 대체 어디에

있었나? 모두가 지구를 나눠 가질 때." 시인은 대답했다. "저
는, 당신 곁에! 눈길은 당신의 얼굴로 흘러들고, 귀는 천상의
음악을 넋 잃고 들었습니다. 이 마음을 용서하소서. 당신의 빛
에 황홀하게 취해, 지상의 일을 잊고 있었음을." 제우스는 그
때 부드러이 말했다. "어찌하면 좋으냐? 지구는 죄다 주어 버
렸다. 가을도, 사냥도, 시장(市場)도 이젠 내 것이 아니다. 네
가 이 천상에, 나와 있고 싶거든 이따금 찾아오라. 이곳은 너
를 위해 비워 두마!"

어떤가요? 학생의 본디 모습이란, 다름 아닌 신의 총아,
이 시인의 모습임이 분명합니다. 지상의 영위에선 아무런 자
랑거리가 없다 해도, 그 자유롭고 고귀한 동경심으로 인해, 때
로는 신과 함께 살 수도 있는 겁니다.

이 특권을 자각하세요. 이 특권을 자랑으로 여기세요. 언
제까지나 그대가 지닐 수 있는 특권이 아닙니다. 아아! 그건
너무나 짧은 기간이지요. 그 시간을 소중히 하세요. 기필코 자
신을 더럽혀선 안 됩니다. 지상의 분할에 관여하는 것, 그건
학교를 졸업하면, 싫어도 관여하게 됩니다. 장사꾼도 될 수 있
습니다. 편집자도 될 수 있습니다. 공무원도 될 수 있습니다.
하지만 신의 옥좌에 신과 나란히 앉을 수 있는 것, 그것은 학
생 시절 이후엔 결코 있을 수 없는 일입니다. 두 번 다시 돌아
오지 않는 일입니다.

미타의 학생 여러분. 여러분은 언제나 '육지의 왕자'를 노
래하는 동시에, 또한 은근히 '마음의 왕자'임을 자부해야만 합
니다. 신과 함께하는 시기는 당신 생애에, 지금 단 한 번뿐입
니다.

술을 싫어해

이틀 연거푸 술을 마셨다. 그제 밤, 어제, 이틀 연거푸 술을 마시고, 오늘 아침은 일해야만 하니까 일찍 일어나, 부엌으로 세수하러 가서 문득 보니, 한됫병이 네 병 비어 있다. 이틀간 넉 되 마신 셈이다. 물론 나 혼자서 넉 되를 다 마신 건 아니다. 그제 밤은 좀처럼 보기 힘든 손님이 셋, 이 미타카의 누옥을 찾아오기로 되어 있었기에, 나는 그 2, 3일 전부터 안절부절 차분하지 못했다. 한 사람은 W군으로, 처음 만나는 사람이다. 아니, 아니, 처음 만나는 건 아니다. 서로 열 살 무렵에 한 번 얼굴을 보고는 이야기도 없이, 그걸로 끝, 20년 동안 헤어져 지냈다. 한 달쯤 전부터 우리 집으로 이따금《일간(日刊) 공업신문》이라는, 나 같은 사람하곤 도통 인연이 먼 신문이 배송되기에 언뜻 펼쳐 보기도 했지만, 전혀 읽을거리가 없다. 어째서 내게 보내 주시는 건지, 그 진의를 가늠하기 어려웠다. 비열한 나는, 이걸 강매하려는 건 아닐까, 의심조차 했다. 아내한테도 잘 타일러서, 어쨌건 이건 수상하니까 고스란히 띠종이도 뜯지 밀고 그대로 보관해 두도록, 나중에 대금을 청구해 오면, 한 묶음으로 모아서 반환하도록 절차를 정해 두었다. 얼마 안 지나, 신문 띠종이에 발송인의 이름을 적어 보내왔다. W다. 내가 모르는 성함이었다. 나는 몇 번이고 고개를 갸웃하며 생각했으나, 알 수 없었다. 그러다가, '가나기마치(金木町)의 W'라고 띠종이에 써서 보내왔다. 가나기마치는 내가 태어난 동네다. 쓰가루(津輕) 평야의 한가운데, 자그마한 동네다. 같은 동네에서 태어난 까닭으로 자기 회사의 신문을 보내 주셨다, 라는 건 판명되기에 이르렀으나, 여전히 어떤 분인지, 그건 떠올리지 못하겠다. 아무튼 상당한 호의는 짐작할 수 있었으니, 나는 곧장 감사의 뜻을 엽서에 써 보냈다. "저는 10년이나 고향에 돌아가지 않았고, 또한 지금은 육친들과 소식마저 끊긴 처지다 보니, 가나기마치의 W님을 떠올릴 수가 없어서 유감스럽게 여기고 있습니다. 어떤 분이신지요. 이다음에 기회가 되시면, 누추한 집입니다만, 한번 들러 주세요." 이 같은 내용을 적었으려니 싶다. 상대 사람의 나이가 어떤지도 알수 없고, 어쩌면 고향의 대선배일지도 모르는 터라, 실례가 되지 않도록 말투도 충분히 조심했을 터였다. 즉시 기다란 편지를 받았다. 그제야 알았다. 뒷집 등기소의 아드님이다. 거북살스레 말하자면, 아오모리현 구(區)재판소 가나기마치 등기소 소장의 장남이다. 어렸을 적엔 영문도 모른 채, 그저 '더기소, 더기소'라고 불렀다. 우리 집 바로 뒤인데, W군은 나보다 1년 상급생이었기에 직접 이야기를 나눈 적은 없지만, 딱 한 번, 그 등기소 창문으로 빼꼼히 얼굴을 내민 그 얼굴을 흘끗 보고서, 그 얼굴만이 20년 지난 지금까지도, 퇴색하지 않은 채 또렷이 남아 있으니, 참으로 신기한 느낌이 들었다. W라는 이름도 기억 못 하는 데다, 그야말로 아무런 은혜나 원한도 없고,

나는 고등학교 시절 친구의 얼굴조차 종종 잊어버리곤 할 만큼 건망증이 있음에도, W군의, 그 창문으로 빼꼼히 내민 동그스름한 얼굴만은, 깜깜한 무대 한군데 스포트라이트를 비춘 듯 산뜻이 눈에 선하다. W군도 내성적인 사람인 듯하니, 나와 마찬가지로 바깥으로 나가 노는 일은 그다지 없지 않았을까. 그때, 딱 한 번, 나는 W군을 언뜻 보았고, 그것이 20년 지난 지금까지도, 마치 천연색 사진으로 찍어 둔 것처럼 선명하게, 영상이 부예지지 않은 채 가슴에 남아 있다. 나는 그 얼굴을 엽서에 그려 보았다. 가슴속 영상 그대로 그릴 수 있었기에, 기뻤다. 틀림없이 주근깨가 있었다. 그 주근깨도, 여기저기 흩뜨리며 그렸다. 귀여운 얼굴이다. 나는 그 엽서를 W군에게 보냈다. '만약 잘못 그렸다면, 죄송합니다.' 이처럼 크게 실례됨을 사과하고, 그런데도 역시 그 그림을 보여 주지 않고는 배길 수 없었다. 그러고는, "11월 2일 밤 6시경, 같은 아오모리현 출신의 옛 친구 두 사람이, 우리 집으로 올 테니, 아무쪼록 그날 밤은, 와 주세요. 부탁드립니다." 하고 덧붙여 썼다. Y군과 A군, 두 사람에게도 미리 권유하여, 그날 밤 누추한 우리 집에 놀러 오기로 되어 있었다. Y군과도, 10년 만에 만나는 셈이다. Y군은 훌륭한 사람이다. 나의 중학교 선배다. 본디, 정이 깊은 사람이었다. 5, 6년 동안, 보이지 않았다. 큰 시련이었다. 그사이, 독방에서 대단히 당당한 수행을 하셨으리라 여긴다. 지금은 어느 출판사의 편집부에 근무하고 계신다. A군은 중학교 동급생이었다. 화가다. 어느 연회에서, 이 또한 10여 년 만에 난데없이 얼굴을 마주하고, 나는 엄청스레 흥분했다. 중학교 3학년이던 때, 어느 악질 교사가 학생을 벌주고 의기양양한 얼굴을 보인 순간, 나는 그 교사에게 경멸을 담은 큰 박수를 보냈다. 참기 힘들었다. 이번엔 내가, 된통 호되게 얻어맞았다. 이때, 나를 위해 일어서 준 이가 A군이다. A군은 당장 동지를 규합해, 스트라이크를 꾀했다. 전체 학급의 엄청난 소동으로 번졌다. 나는 공포로 와들와들 떨었다. 스트라이크에 막 들어가려 할 때, 그 교사가 우리 교실에 살그머니 찾아와, 더듬거리면서 사과했다. 스트라이크는 중지되었다. A군과는 그런 공통된, 그리운 추억이 있다.

Y군에다 A군, 두 사람이 함께 우리 집에 놀러 와 주는 것만으로도 내겐 굉장히 감격스럽건만, 더구나 지금 W군과 20년 만에 더불어 만날 수 있게 되었으니, 나는 벌써 사흘 전부터 안절부절못한 채, '기다린다'는 건 어지간히 괴로운 심리임을, 새삼스레 통감했다.

남한테서 얻은 술이 두 되 있었다. 나는 평소, 집에 술을 사 두는 걸 싫어한다. 누렇고 탁한 액체가 한가득 채워진 한됫병은, 도무지 불결하고 외설스러운 느낌마저 들어 부끄럽고, 눈에 거슬리기가 이를 데 없다. 부엌 한 귀퉁이에 그 한됫병이 있다는 자체만으로도, 이 비좁은 집 전체가 걸쭉하니 부예지고, 시큼시큼 달크무레한, 묘한 냄새조차 느껴지면서, 어쩐지 뒤가 켕기는 심정이다. 집의 서북쪽 한구석에 괴이쩍게 흉측스러운, 부정(不淨)한 것이 똬리를 틀고 숨어 있는 듯하여 책상 앞에 앉아 일하면서도 어쩐지 결백한 정진이 이루어지지 않는 듯 불안하고, 뒷머리가 잡아끌리는 듯 미련이 남아 도저히 당해 낼 수가 없다. 도무지, 차분해지지 않는다.

밤에, 홀로 책상에 턱을 괸 채 이런저런 생각을 하다가 괴롭고 불안해져서, 술이라도 마셔 그 기분을 어물어물 넘겨 버리고 싶은 경우가 더러 있는데, 그때는 바깥으로 나가 미타카

역 근처 초밥집에 가서 허겁지겁 술을 마신다. 그럴 때는 집에 술이 있으면 편리하겠다고 여기지 않는 것도 아니나, 아무래도 집에 술을 두면 신경이 쓰이고, 그다지 마시고 싶지 않은데도 그저 부엌에서 술을 추방하고 싶은 심정으로 벌컥벌컥, 남김없이 다 들이켜 버릴 따름이다. 항상 소량의 술을 집에 갖추고, 그때그때 찔끔 마시는 식의 차분하니 여유로운 재주는 부리지 못하는 터라, 자연스레 All or Nothing 방식으로, 평소 집 안에 한 방울의 술도 두지 않고, 마시고 싶을 때는 바깥으로 나가서 실컷 마신다, 라는 습관이 배고 말았다. 친구가 오더라도, 대개 바깥으로 이끌고 나가서 마시곤 한다. 아내가 듣기 거북한 화젯거리가 불쑥 튀어나올지도 모르는 데다, 술은 물론 술안주도 준비된 게 없으니, 그만 성가시기에 바깥으로 나가고 만다. 엄청 친한 사람이라면, 그리고 찾아오는 날을 미리 알고 있다면 제대로 준비해서 밤새도록, 느긋하니 함께 마시지만 그렇듯 친한 사람은, 내겐 겨우 손가락으로 꼽을 정도밖에 없다. 그렇듯 친한 사람이라면, 아무리 초라한 안주라도 창피스럽지 않고, 아내가 듣기 거북할 성싶은 화젯거리도 나올 리 없으니, 나는 거리낌 없이 참으로 즐겁게, 그야말로 거나하게 마실 수 있지만, 그런 호기회는 두 달에 한 번 남짓이고 나머지는 대체로 갑작스러운 방문에 허둥지둥, 그만 바깥으로 나가게 된다. 뭐니 뭐니 해도, 정말로 친한 사람과 집에서 한가로이 마시는 것보다 더 나은 즐거움은 없다. 마침 술이 집에 있을 때 어슬렁, 친한 사람이 찾아와 준다면, 참으로 기쁘다. '친구 있어, 먼 데서 온다.'라는 그 구절이 절로 가슴속에 피어오른다. 하지만 언제 올지, 알 수 없다. 항상 술을 준비해 두고 기다리다니, 나로선 도저히 차분해질 수 없다. 평소

한 방울인들, 술을 집 안에 두고 싶지 않은 터라, 그 언저리가 좀체 수월하지 않다.

　친구가 왔다 한들 딱히, 구태여 술을 마시지 않아도 좋을 법한데, 영 글렀다. 나는 나약한 남자인 탓에, 한잔 걸치지도 않고 진지하게 대담하고 있자면, 30분 정도만 지나도 이미 기진맥진, 비굴하게 흠칫흠칫하게 되고, 견디기 어려운 심정이 든다. 자유로이 활달한 의견 개진 따위, 도저히 할 수가 없다. 네에, 라든가 아아, 라든가, 건성으로 대답하면서 전혀 딴생각만 하고 있다. 마음속으로 끊임없이 어리석은, 다람쥐 쳇바퀴 도는 자문자답을 되풀이할 뿐, 나는 흡사 멍텅구리다. 아무 말도 할 수 없다. 헛되이 피로해진다. 도무지, 참을 수가 없다. 술을 마시면 기분을 얼버무릴 수 있고, 엉터리 말을 하고서도 그다지 속으로 반성하지 않게 되니, 아주 마음 편하다. 그 대신, 취기가 가시면 후회도 막심하다. 땅바닥을 구르며 큰 소리로 아악! 부르짖고 소리치고 싶은 심정이다. 가슴이 두근두근 들썩거리기 시작하고, 안절부절 어찌할 바를 모른다. 무어라 말도 못 한 채, 쓸쓸하다. 죽고 싶다고 여긴다. 술을 안 지 벌써 10년이나 되었지만, 도통 그 기분에 익숙해질 수가 없다. 태연스레 있지를 못한다. 부끄러움, 후회스러움에 문자 그대로 전전(輾轉)한다. 그렇거든 술을 관두면 좋으련만 역시나 친구의 얼굴을 보면, 묘하게 벌써 흥분하여 겁먹은 듯한 떨림을 온몸으로 느끼니, 술이라도 마시지 않고선 헤어 나오지 못한다. 성가신 일이라고 여긴다.

　그제 밤, 정말로 오래도록 보지 못한 사람만 셋, 놀러 오기로 되어, 나는 그 사흘여 전부터 차분하지 못했다. 부엌에 술이 두 되 있었다. 남한테 받은 것인데, 마침 내가 그 처치에 대해 궁리하고 있던 참에, Y군한테서 11월 2일 밤 A군과 둘이서 놀러 가겠다는 엽서를 받은 거다. 좋아! 이 기회에 W군에게도 오라고 하여, 넷이서 이 두 되를 말끔히 처치해 버리자. 아무래도 집 안에 술이 있으면 보기 거슬리고, 불결하고, 정신이 흐트러져서 안 된다. 넷이서 두 되는, 부족할지도 몰라. 마침 이야기가 흥미진진한 경지에 들어간 그 순간, 마누라가 멍청한 낯으로, 이제 술이 떨어졌습니다, 보고해서야, 듣는 쪽에선 대단히 흥 깨지는 일이니까, 한 되 더, 술 가게에 가서 가져다 달라고 해요. 나는 자못 그럴싸한 표정으로 아내에게 일렀다. 술은 석 되 있다. 부엌에 세 병, 술병이 늘어서 있다. 그걸 보노라니, 도저히 차분하게 있을 수가 없다. 대범죄를 수행하는 이처럼 마음속 불안, 긴장감은 극점까지 이르렀다. 분수를 모르는 사치인 듯 여겨지기도 하여, 범죄 의식이 바싹바싹 사무치게 다가왔다. 나는 그제 아침부터 의미도 없이 마당을 빙글빙글 돌아다니거나 비좁은 방 안을 쿵쿵 걸어 다니고, 시계를 5분마다 들여다보며 오로지 해가 지기만을 기다렸다.

6시 반에 W군이 왔다. 그 그림엔, 깜짝 놀랐습니다. 감동했어요. 주근깨 따위, 용케 기억하고 있었네요. 친근함을 표현하려고 일부러 쓰가루 사투리로, W군이 웃으면서 말한다. 오랜만에 쓰가루 사투리를 듣고 반가웠기에, 나도 무지 힘껏 쓰가루 말을 연발한다. 마시자고요! 오늘 밤은, 죽도록 마시자고요. 이런 형편으로, 한시라도 빨리 곤드레만드레 취하고 싶어, 연거푸 마셨다. 7시 조금 지나서, Y군과 A군이 함께 찾아왔다. 나는 그저 막무가내로 마셨다. 감격을, 어떤 말로 전해야 좋을지 알 수 없어, 그저 마셨다. 죽도록 마셨다. 12시에 다들 돌아갔다. 나는 냅다 쓰러지다시피 잠들고 말았다.

어제 아침, 눈을 뜨자마자 아내에게 물었다. "뭔가, 실수는 없었나? 실수하진 않았나? 못된 말은 하지 않았나?"

실수는 없었던 듯해요. 아내의 대답을 듣고, 다행이다, 가슴을 쓸어내렸다. 하지만 어쩐지, 다들 그토록 좋은 사람뿐이건만, 모처럼 이런 시골까지 찾아와 주셨건만, 내가 변변히 대접도 못 해, 다들 일종의 쓸쓸함, 환멸을 안고 돌아가지나 않았을까, 그런 걱정이 고개를 쳐들었다. 순식간에 그 걱정은 소나기구름처럼 온몸으로 번져 나갔고, 역시나 이부자리에서 안절부절못한 채 이리저리 뒤척거리게 되었다. 더구나 W군이 우리 집 현관에 술을 한 되 몰래 두고 갔음을 그날 아침에야 발견하고는, W군의 호의가 참을 수 없으리만큼 가슴에 사무쳤다. 그 언저리를 맨발로 뛰어 돌아다니고 싶을 만큼, 고통스러웠다.

그때, 야마나시현 요시다초의 N군이 찾아왔다. N군하고는 지난해 가을, 내가 미사카 고개로 일하러 갔을 때부터 알고 지내는 벗이다. 이번에, 도쿄의 조선소에 근무하게 되었습니다, 라고 화사하게 웃으며 말했다. 나는 N군을 놓치지 말아야지, 생각했다. 부엌에, 아직 술이 남아 있을 터. 게다가 어제저녁 W군이 일부러 들고 와 준 술이 한 되 있다. 정리해 버리자고 생각했다. 오늘, 부엌의 부정한 물건을 깨끗이 청소하고 나서, 내일부터 결백한 정진을 시작해야지, 은밀히 계획하고는, 막무가내로 N군에게도 술을 권하며 나도 흠씬 마셨다. 그런 참에 난데없이 Y군이 부인과 함께, 잠깐 어제저녁 자리를 감사드린다는 둥, 거북살스러운 인사를 하러 찾아온 것이다. 현관에서 돌아가려고 했지만, 나는, Y군의 손목을 단단히 붙잡고 놓지 않았다. 잠깐이라도 좋으니, 여하튼, 잠깐이라도 좋으니, 사모님도, 자, 어서요. 이렇듯 거의 폭력적이다시피 방으로 이끌었고, 무어라 제멋대로 평계를 대며 마침내 Y군까지도 술 동무로 끌어들이는 데 성공했다. Y군은 그날 메이지절(明治節)* 휴무였기에, 오래간만에 친척 집 두세 곳을 인사차 들르는 중인데, 이제부터 한 집 더 얼굴을 내밀어야 한다면서 걸핏하면 달아나려는 통에, 아니야, 그 한 집을 남겨 두는 게 인생의 맛이야, 완벽함을 바라선 안 돼요, 따위 시시껄렁한 소리를 해 가며, 드디어 넉 되의 술을, 한 방울도 남기지 않고 정리하는 데 성공했다.

* 11월 3일, 메이지 천황의 탄생일. 1948년, 폐지되었다.

무취미

이곳 미타카 깊숙이 옮겨 와서 살게 된 건, 지난해 9월 1일
이다. 그 전에는, 고후 변두리에 집을 빌려 살았다. 그 집의 한
달 집세는 6엔 50전이었다. 또 그 전에는, 고슈(甲州) 미사카
고개 꼭대기에 있는, 찻집 2층을 빌려 살았다. 더욱 그 전에는,
오기쿠보(荻窪)의 최하급 하숙방 하나를 빌려 살았다. 더더욱
그 전에는, 지바현 후나바시(船橋) 변두리에 24엔짜리 집을
빌려 살았다. 어디에 살건 마찬가지다. 별다른 감개도 없다.
지금의 미타카 집에 대해서도 방문객은 가지각색 감상을 펼
쳐 보이는데, 나는 언제나 몹시 건성으로 맞장구칠 뿐이다. 아
무러하면, 어떤가? 나는 의식주에 대해선, 도통 취미가 없다.
야단스레 의식주에 푹 빠져 의기양양 흐뭇해하는 사람은, 내
겐 어째선지, 지독히 우스꽝스럽기 짝이 없어 보인다.

6월 19일

아무런 준비도 없이 원고지 앞에 앉았다. 이런 걸 진정한 수필이라 하는지도 모른다. 오늘은 6월 19일이다. 하늘이 맑다. 내가 태어난 날은 1909년 6월 19일이다. 나는 어린 시절, 묘하게 비뚤어져서, 스스로를 부모님의 진짜 아이가 아니라고 굳게 믿은 적이 있다. 형제 가운데 나 혼자만 따돌림을 당하는 느낌이 들었다. 용모가 시원찮은 탓에 집안사람들에게 무어라 놀림받았고, 그래서 점차 비뚤어졌는지도 모른다. 곳간에 들어가, 이런저런 문서를 살펴본 적이 있다. 아무것도 발견하지 못했다. 오래전부터 우리 집을 드나드는 사람들에게 슬며시 물어보며 다닌 적도 있다. 그 사람들은 한바탕 웃었다. 내가 이 집에서 태어난 날에 대해, 다들 분명히 알고 있었다. 해 질 녘이었습니다. 저기, 작은 방에서 태어났습니다. 모기장 안에서 태어났습니다. 아주 순산이었습니다. 곧장 태어났습니다. 코가 큼직한 아이였습니다. 여러 가지를 똑똑히 가르쳐 주니, 나도 의심을 포기하지 않을 수 없었다. 어쩐지, 실망했다. 나 자신의 평범한 운명이 불만스러웠다.

일전에, 모르는 시인에게서 편지를 받았다. 그 사람도 1909년 6월 19일생이라 한다. 이것도 인연인데 하룻밤 마시지 않겠습니까, 라는 편지였다. 나는 답장을 보냈다. "저는 보잘것없는 사내라서, 만나면 틀림없이 실망하시겠지요. 아무래도, 무섭습니다. 1909년 6월 19일생의 숙명을, 당신도 아시리라 생각합니다. 아무쪼록 그 소심함을 헤아려, 용서해 주십시오." 비교적 솔직히 써졌다고 생각했다.

탐욕이 부른 화(禍)

7월 3일부터 미나미이즈(南伊豆)의 어느 산촌에 와 있는데, 물론 이곳은 심산유곡도 아무것도 아니다. 온천이 솟아나고 있을 뿐, 달리 내세울 건더기가 하나도 없다. 도쿄와 마찬가지로 덥다. 여관의 여종업원도 불친절하다. 방은 지저분하고 식사도 맛없다. 어째서 이런 데를 골랐는가 하면, 숙박료가 저렴하리라 생각했기 때문이다. 하지만 와 보니, 그리 저렴하지도 않다. 1박에 5엔 이상이다. 하루의 예정된 공부가 끝나면 온천에 들어가고, 그런 다음 저녁 식사를 시작하는데, 맥주를 한잔 마시고 싶기에 종업원에게 그리 말하니,

"없는데요." 확실하게 대답한다. 하지만 종업원의 얼굴을 보니 거짓말이라는 걸 알 수 있는 터라,

"꼭 마시고 싶은. 딱 한 병만이라도 좋으니까." 웃으면서 졸라 대자,

"잠깐 기다리세요." 진지한 낯으로 말하고, 방을 나간다. 잠시 뒤, 역시나 진지한 낯으로 방으로 들어와서,

"저어, 좀 가격이 센데요, 괜찮으신가요?" 한다.

"네, 괜찮습니다. 두 병 주세요." 이쪽도 빈틈이 없다.

"아니에요, 한 병만 드릴게요."

되게 냉담하게 선고한다.

요즘은 여관도 어지간히 콧대가 높아졌다. 물자 부족은 나도 알고 있다. 억지를 부리진 않는다. 죄송합니다만, 뭐 이런 식으로 살짝 말투를 바꾼다면 서로서로 좀 더 부드러워지련만 정말이지, 무척이나 퉁명스럽다. 덩달아, 손님도 과묵해진다. 이만저만 답답한 게 아니다. 조금도, 누긋함이 없다. 나는 기숙사에서 공부하는 학생과 흡사하다.

창밖 풍경을 바라봐도 그다지 대수로울 게 없다. 야트막한 여름 산, 산 중턱까지는 밭이다. 매미 소리가 시끄럽다. 이글이글 덥다. 어째서 굳이 이런 곳으로 왔는가, 싶다.

하지만 나는 이곳을 떠나 다른 지역으로 갈 생각도 없다. 어디로 간들, 다 마찬가지라는 사실을 알기 때문이다. 내 마음이 틀렸는지도 모른다. 다음은 플로베르의 탄식인데, "나는 언제나 눈앞의 것을 거부하고 싶어 한다. 아이를 보면 그 아이가 노인이 되었을 때의 일을 생각해 버리고, 요람을 보면 묘석에 대해 생각한다. 여자의 나체를 바라보는 사이, 그 해골을 공상한다. 즐거운 걸 보고 있으면 슬퍼지고, 슬픈 걸 보면 아무것도 느끼지 않는다. 하도 마음속으로 운 탓에, 바깥으로 눈물을 흘릴 수가 없다." 이렇게 말하면 다소 과장되고, 중학생의 센티멘털한 노악(露惡) 취미가 되고 마는데, 내가 여행을 떠나 풍경에도 인정에도, 여간해선 감동하지 않음은, 그 지역의 인간 생활을 대번에 알아내 버리기 때문이리라. 다들, 흥이 깨질 만큼 너무나 열심이다. 계류 언저리의 찻집 한 채에도, 조상 대대로의 암투가 있으리라. 찻집 의자 하나 새로 맞추는

데도, 가족 전체의 예사롭지 않은 궁리가 있었으리라. 하루의 매상이 어떻게 집안사람들에게 분배되고, 일희일비가 되풀이 될 것인가. 풍경 따윈, 문제가 아니다. 그 마을 사람들에게는 산의 나무 한 그루, 계류의 돌 하나, 깡그리 생활과 직접 결부되어 있을 터다. 거기엔, 풍경이 없다. 나날의 양식(糧食)이 보일 뿐이다.

순순히 풍경을 가리키고, 경탄할 수 있는 사람은 행복하여라. 내가 사는 곳은 도쿄 이노카시라(井の頭) 공원 뒤쪽인데, 일요일마다 수많은 하이킹 손님이 마구 들떠서, 그 주변을 걸어 돌아다닌다. 이노카시라 연못 언저리에서 돌계단을 스물 몇 개 올라, 그러고는 완만한 비탈을 50미터쯤 오르면, 고텐산(御殿山)이다. 여느 초원이건만, 그런데도 하이킹 복장의 늠름한 남녀 손님은 흥분한다. 수목 줄기에 '등산 기념, 몇 월 며칠, 아무개'라고 나이프로 새겨 놓은 글자를 발견하는 경우마저 있는데, 나는 웃을 수가 없다. 스물 몇 개의 돌계단을 오르고, 완만한 비탈을 50미터쯤 올라, 기뻐서 어찌할 줄 모르는 환희가 있다면, 시민이란 참으로 행복한 이라고 생각한다. 악업 깊은 한 사람의 작가만, 어디로 가든, 무얼 보든, 괴롭다. 젠체하는 게 아니다.

이곳으로 온 지, 벌써 열흘이 가깝다. 일도 일단락 지었다. 오늘 언저리 아내가 돈을 가지고, 이 여관으로 나를 마중하러 오겠지. 아내한테는 이런 온천 여관인들, 극락일지도 모른다. 나는 시치미를 떼고, 아내에게 이 지역의 감상을 물어볼 생각이다. 너무 좋은 곳이에요! 흥분해서 말할지도 모른다.

자작(自作)을 이야기하다

나는 지금껏, 자작에 대해 이야기한 적이 한 번도 없다. 싫은 거다. 독자가 읽고 이해하지 못한다면, 이야기는 거기까지다. 창작집에 서문을 덧붙이는 것조차, 싫다.

자작을 설명한다는 건, 이미 작가의 패배라고 생각한다. 이를 데 없이 언짢은 일이다. 내가 A라는 작품을 창작한다. 독자가 읽는다. 독자는 A가 재미없다고 한다. 싫어하는 작품이라고 한다. 이야기는 거기까지다. 아니, 분명 재미있을 텐데? 라는 항변은 성립될 턱이 없다. 작가는, 점점 더 비참해질 따름이다.

싫거든, 관둬요. 이거다. 모두가 이해할 수 있기를 바라면서 가능한 한, 엄청 친절하게 썼을 터다. 그런데도 이해하지 못한다면, 말없이 물러날 뿐이다.

내게 친구는, 겨우 손꼽을 정도밖에 없다. 나는 그 몇 안 되는 친구에게도, 내 작품의 보충 설명을 덧붙인 적이 없다. 발표해도, 잠자코 있는다. 그 대목에선 고심했습니다, 따위 한 번도 말한 적이 없다. 흥이 깨진다. 그런 고심담으로 남을 압도하면서까지 체면상의 갈채를 얻을 생각은 없다. 예술은, 그렇듯 남에게 강요하는 게 아니라 여긴다.

하루에 서른 매는 너끈히 써내는 작가도 있다고 한다. 나는 하루 다섯 매 쓰면, 마구 으스댄다. 묘사가 서투르니 고생하는 거다. 어휘가 빈약하니 펜이 머무적거린다. 붓이 느린 건 작가의 치욕이다. 한 매 쓰는 데, 두세 번은, 사전을 뒤적인다. 틀린 글자인지 어떤지, 불안하다.

자작을 이야기하라. 이런 말을 들으면, 어째서 난 이토록 화를 내는 걸까. 나는 내 작품을 별로 인정하지 않고, 또한 다른 사람의 작품도 그다지 인정하지 않는다. 내가 지금 골똘히 생각하는 걸 고스란히 솔직하게 말한다면, 사람들은 다짜고짜 나를 미치광이 취급하리라. 미치광이 취급은 싫다. 역시 난, 침묵하고 있어야만 한다. 조금만 더 참기.

아아! 어서, 한 매에 3엔 이상짜리 소설만을 쓰고 싶다. 이래선, 작가는 쇠약해질 따름이다. 내가 처음《문예(文藝)》에 작품을 판 지, 어느새 7년이다.

유행은 바라지 않는다. 게다가 유행할 턱도 없다. 유행의 허무에 대해서도 알고 있다. 1년에 한 권 창작집을 내고, 3000부쯤은 팔렸으면! 지금까지 열 권 남짓한 내 창작집 가운데, 2500부 출판이 최고다.

내 작품은 아무리 생각해 봐도, 영화화되거나 극화될 여지가 없다. 그러니까 뛰어난 작품이다, 라는 게 아니다. 『죄와 벌』도, 『전원 교향악』도, 『아베 일족』도, 어엿이 영화로 만들어진 듯하다.

「여자의 결투(女の決鬪)」 영화 따윈, 있을 수 없다.

정말이지, 자작을 이야기하는 건 싫다. 자기혐오로 그득하다. '자기 자식에 대해 이야기하라'는 소릴 들으면, 시가 나오야 정도의 달인일지라도 잠깐 주저할 게 틀림없다. 잘된 자식은, 잘된 자식이라 귀엽고, 잘되지 못한 자식은, 한층 더 슬프고 귀엽다. 그 틈의 기미(機微)를, 그르침 없이 남에게 말로 전달하기란, 극히 어렵다. 그걸 또, 억지로 이야기하게끔 시키는 것도 가혹하지 않은가.

나는, 내 작품과 함께 살고 있다. 나는 언제라도, 말하고 싶은 건 작품 속에서 말한다. 달리 말하고 싶은 건 없다. 그러니 그 작품이 거부당한다면, 그뿐이다. 한마디도 없다.

나는 내 작품을 칭찬해 준 사람 앞에서는 극도로 왜소해진다. 그 사람을, 속이고 있는 듯한 느낌이다. 반대로, 내 작품에 호된 욕을 퍼붓는 사람을, 예외 없이 경멸한다. 무슨 소릴 지껄이는 거야, 라고 생각한다.

이번에 가와데쇼보에서, 최근작만을 모은 『여자의 결투』

라는 창작집이 출판되었다. 「여자의 결투」는 이 잡지(《문장》)에 반년간 연재되어, 공연히 독자를 따분하게 만들어 버린 낌새다. 이번에 한데 모아서 한 권으로 엮은 걸 기회로, 감상을 써 보세요. 그 밖의 작품들도 언급해 써 주시면 좋겠습니다, 라는 게 편집자 쓰지 모리 씨의 지시다. 쓰지 모리 씨는 지금껏, 나의 제멋대로 방식을 받아들여 주었다. 거절할 수가 없다.

나는 새삼스레, 감상이 아무것도 없다. 요즘은 다음 작품에 몰두하고 있다. 친구 야마기시 가이시 군한테 편지를 받았다. (「달려라 메로스」 그 의로움, 신에게 통하려 하고, 「직소(駈込み訴へ)」 그 애욕, 땅으로 돌아가려 하네.)

가메이 가쓰이치로 군한테서도 편지를 받았다. (「달려라 메로스」 두 번 읽고 세 번 읽고, 점점 더 좋다. 걸작이다.)

벗이란, 고마운 이다. 한 권의 창작집 가운데서, 작가 의도를 그르침 없이 뽑아낸다. 야마기시 군도, 가메이 군도, 건성건성 둘러대는 경박한 인물이 아니다. 이 두 사람이 알아주었으면, 이제 그걸로 됐다.

자작을 이야기하는 것 따윈, 노(老)대가가 된 이후에나 할 일이다.

희미한 목소리

믿는 수밖에 달리 없다고 생각한다. 나는, 고지식하게 믿는다. 로맨티시즘에 따라, 꿈의 힘에 따라, 난관을 돌파해야지 마음 다잡고 있을 때, '관둬, 관둬! 허리띠가 풀렸잖아!' 따위 고약한 충고는 하는 게 아니다. 신뢰하고 따라가는 것이 가장 옳다. 운명을 함께하는 거다. 한 가정에서도, 또한 벗과 벗 사이에서도, 마찬가지라고 말할 수 있겠다.

믿는 능력이 없는 국민은 패배한다고 생각한다. 잠자코 믿고, 잠자코 생활해 나아가는 것이 가장 옳다. 남 이야기를 이러쿵저러쿵 늘어놓기보다는, 자신의 꼬락서니에 대해 생각해 보는 게 좋다. 나는 이번 기회에, 한참 더 깊이 자신을 살펴볼 생각이다. 절호의 기회다.

믿고 패배하는 데 후회는 없다. 오히려 영원한 승리다. 그런 까닭에, 남에게 비웃음당해도 치욕이라고는 여기지 않는다. 하지만 아아! 믿고 성공하고 싶어라. 이 환희!

속는 사람보다도, 속이는 사람이 수십 배 더 괴롭지. 지옥에 떨어지는 거니깐.

불평하지 마. 잠자코 믿고, 따라가! 오아시스가 있다, 라고 사람들이 말한다. 로망을 믿게나. '공영(共榮)'을 지지하라. 믿어야 할 길, 달리 없음.

만만함을 경멸하는 것만큼 손쉬운 일은 없다. 그리고 사람은 뜻밖에도, 만만함 속에 살고 있다. 타인의 만만함을 조소하면서, 자신의 만만함은 미덕인 양 생각하고 싶어 한다.

"생활이란 무엇입니까?"
"쓸쓸함을 견디는 일입니다."

자기변명은, 패배의 전조(前兆)다. 아니, 이미 패배한 모습이다.

"패배란 무엇입니까?"
"악(惡)에 교태 부리며 웃음 짓는 일입니다."
"악이란 무엇입니까?"
"무의식적 구타입니다. 의식적 구타는, 악이 아닙니다."

논의란, 때때로 타협하고 싶은 정열이다.

"자신감이란 무엇입니까?"
"장래의 등불 빛을 보았을 때의 마음 모습입니다."

"현재의?"

"그건 변변찮습니다. 엉터리입니다."

"당신에겐 자신(自信)이 있습니까?"

"있습니다."

"예술이란 무엇입니까?"

"제비꽃입니다."

"시시하네요."

"시시한 겁니다."

"예술가란 무엇입니까?"

"돼지 코입니다."

"그건, 너무한데요."

"코는, 제비꽃 내음을 알고 있습니다."

"오늘은, 좀 흥이 오른 것 같군요."

"그렇습니다. 예술은, 그때의 흥으로 생겨납니다."

1941

고쇼가와라(五所川原)

이모가 고쇼가와라에 계시니, 어릴 적 자주 고쇼가와라에 놀러 갔습니다. 아사히자(旭座)의 무대 개막 공연도 보러 갔습니다. 초등학교 3, 4학년 무렵이라 생각합니다. 아마도 도모에몬이었을 겁니다. 우메노요시베*한테 시달림을 당했습니다. 회전 무대를 그때 난생처음 보고는, 얼결에 벌떡 자리에서 일어났을 정도로 깜짝 놀랐습니다. 이 아사히자는 그 후 머지않아 화재가 나서, 전소되었습니다. 그때의 화염이 가나기(金木)**에서 똑똑히 보였습니다. 영사실에서 불이 붙었다는 이야기였습니다. 그리하여, 영화를 보던 초등학생이 열 명 남짓 타 죽었습니다. 영사 기사가 죄를 추궁당했습니다. 과실 상해 치사라나, 그런 죄명이었습니다. 어렸지만 어찌 된 까닭인지, 그 기사의 죄명과 운명을 잊을 수가 없었습니다. 아사히자라는 이름이 '불'*** 글자와 관련이 있는 탓에 불타 버렸다는

---

*　가부키에 나오는 주인공 이름. 실제 인물이 협객으로 각색되었다.

**　다자이 오사무의 생가가 이곳에 있다.

소문도 들었습니다. 20년이나 지난 일입니다.

일곱 살인가 여덟 살쯤, 고쇼가와라의 번화한 거리를 걷다가 하수구에 빠졌습니다. 상당히 깊어서, 물이 턱 언저리까지 닿았습니다. 석 자(尺) 가까이 되었는지도 모릅니다. 밤이었습니다. 위쪽에서 남자가 손을 내뻗어 주었기에, 그걸 꽉 잡고 매달렸습니다. 끌어 올려진 뒤, 뭇사람이 에워싸고 지켜보는 가운데 빨가숭이가 되었기에, 참으로 곤혹스러웠습니다. 마침 헌 옷 가게 앞이었던 터라, 그 가게의 헌 옷을 곧장 입혀 주었습니다. 여자아이의 유카타였습니다. 허리띠도, 초록색 헤코오비*였습니다. 지독히 창피했습니다. 이모가 창백한 낯빛으로 달려왔습니다.

나는 이모에게 귀여움받으며 자랐습니다. 나는 남자다움이 모자란 탓에 툭하면 놀림을 당했고, 혼자 삐딱해져 있었는데, 이모만은 나를 멋진 남자라고 말해 주었습니다. 다른 사람이 내 용모에 대해 험담하면, 이모는 진심으로 화를 냈습니다. 모두 아득한 추억이 되었습니다.

*** 일본어 '火'는 '히'로 읽는다.
*   한 폭 넓이의 천을 적당한 길이로 자르고, 그대로 두르는 허리띠.

168

아오모리(青森)

아오모리에는, 4년 있었습니다. 아오모리 중학교에 다니고 있었지요. 친척인 도요타(豊田) 님 댁에서 쭉 신세를 졌습니다. 데라마치의 포목점, 도요타 님입니다. 돌아가신 도요타 '오도사'*는, 저를 무척이나 열성껏 돌봐 주시고 이리저리 격려해 주셨습니다. 저도 '오도사'에게, 상당히 응석을 부렸습니다.

'오도사'는 좋은 분이었습니다. 제가 멍청한 짓만 저지르고, 도무지 훌륭한 일을 해 보기도 전에 돌아가셔서 안타깝기 그지없습니다. 5년, 10년 더 살아 계셔서, 제가 조금이나마 좋은 일을 하여 오도사가 기뻐해 주시길 바랐는데, 라는 생각뿐입니다. 이제야 헤아리건대 '오도사'의 고마운 구석만이 떠올라서, 안타깝기 그지없습니다. 제가 중학교에서 조금이라도 좋은 성적을 받으면, 오도사는 온 세계 그 누구보다도 기뻐해 주셨습니다.

* '아버지'라는 뜻. 아오모리 쓰가루 지역의 말이다.

    제가 중학교 2학년 무렵, 데라마치의 작은 꽃집에 서양화 대여섯 점이 장식으로 걸려 있었는데, 저는 어린 마음에도, 그 그림에 살짝 감동했습니다. 그중 한 점을 2엔에 샀습니다. 이 그림은 이제 곧 틀림없이 비싸질 거예요, 라며 주제넘은 말을 하고 도요타 '오도사'께 드렸습니다. 오도사는 웃었습니다. 그 그림은 지금도 도요타 님 댁에 있을 겁니다. 이제는 100엔인들 너무 저렴할 테지요. 무나카타 시코* 씨의 초기 걸작이었습니다.

    무나카타 시코 씨의 모습은 도쿄에서 이따금 뵙습니다만, 너무도 시원시원한 걸음걸이인지라, 저는 늘 모르는 척합니다. 하지만 그 무렵의 시코 씨 그림은 매우 훌륭했다고 생각합니다. 벌써, 20년 가까이 지난 옛이야기가 되었습니다. 도요타 님 댁의 그 그림이 좀 더, 훌쩍, 비싸졌으면 좋겠다고 생각합니다.

---

*   棟方志功(1903~1975). 판화가. 아오모리 출신. 토속적이면서 분방한 작풍으로 국제적 평가와 명성을 얻었다.

용모

내 얼굴은 요즘 다시, 한층 커진 듯하다. 애당초 자그만 얼굴은 아니었으나, 요즘 다시, 한층 커졌다. 미남자란, 얼굴이 자그맣고 반듯하니 다듬어진 이다. 얼굴이 엄청 큼지막한 미남자란, 실제로 그다지 예가 없을 성싶다. 상상하기도 어렵다. 얼굴이 큼지막한 사람은 모든 걸 순순히 단념하고 '훌륭함' 혹은 '장엄' 혹은 '장관(壯觀)' 같은 데 마음을 쓰는 수밖에 달리 도리가 없어 보인다. 하마구치 오사치 씨는, 엄청나게 얼굴이 큼지막한 사람이었다. 역시나 미남자가 아니었다. 하지만 장관이었다. 장엄하기까지 했다. 용모에 대해선, 남몰래 수양한 적도 있었으려니 싶다. 나도 이렇게 된 바엔, 하마구치 씨처럼 되게끔 수양하는 수밖에 없다고 생각한다.

얼굴이 큼지막해지면, 웬만큼 조심하지 않고선 남한테 거만하다는 오해를 산다. 커다란 낯짝을 쳐들고 대체 뭐라도 되는 줄 아나? 라는 둥, 예상치 못한 공격을 받는 일도 있다. 얼마 전, 내가 신주쿠의 어느 가게에 들어가서 혼자 맥주를 마시는데, 부르지도 않았건만 여자애가 곁으로 다가오더니,

171

"당신은 다락방 철학자 같네요. 되게 잘난 척해도, 여자한 텐 인기 없겠어요. 아니꼽게 예술가 시늉을 해 봤자, 소용없 지. 꿈을 버려야 해. 노래하지 않는 시인인가? 그러네! 그렇군 요! 당신은 훌륭해요. 이런 곳에 오려면 말이죠, 우선 치과에 한 달 다니고 나서, 오시라고요!" 이런 심한 말을 했다. 내 치 아는, 흐슬부슬 빠져 있었다. 나는 말대꾸가 궁해져, 계산을 부탁했다. 아무래도, 그러고는 대엿새, 외출하고 싶지 않았다. 가만히 집에서 독서했다.

코가 빨개지지 않았으면 좋겠는데. 이런 생각도 한다.

사신(私信)

　　이모님. 아침나절, 긴 편지를 잘 받았습니다. 저의 건강 상태며, 또 장래 생활에 대해 여러모로 염려해 주셔서 고맙습니다. 하지만 저는 요즘, 제 장래 생활에 대해 조금도 계획하지 않게 되었습니다. 허무가 아닙니다. 단념도, 아닙니다. 어설프게 저편을 들여다보고, 오른쪽으로 가야 할지 왼쪽으로 가야 할지 저울질하며 신중히 살피다가는, 되레 비참한 꼴로 발이 채여 곱드러질 테지요.

　　내일 일을 생각하지 말라, 라고 그분도 말씀하십니다. 아침에 잠에서 깨어, 오늘 하루를 충분히 살아 내는 일. 그것만을 저는 요즘, 마음 쓰고 있습니다. 저는 거짓말하지 않게 되었습니다. 허영이나 타산이 아닌 공부를, 조금씩 할 수 있게 되었습니다. 내일을 의지하여, 대충 그 자리를 어물어물 넘기려는 듯한 일도 지금은, 없습니다. 하루하루만이, 너무나 소중해졌습니다. 결코 허무가, 아닙니다.

　　지금의 제겐, 하루하루의 노력이, 전 생애의 노력입니다. 전지(戰地)의 사람들도, 필시 똑같은 심정이리라 생각합니다.

이모님도 이제부터 사재기 같은 건, 하지 마세요. 의심하여 실패하는 일만큼 보기 흉한 생활 방식은 없습니다. 우리는 믿고 있습니다. 한 치의 벌레에게도, 닷 푼의 진심이 있습니다. 쓴웃음 지으시면, 안 됩니다. 천진난만하게 믿는 자만이, 느긋합니다. 저는 문학을 그만두지 않습니다. 저는 믿고 성공하렵니다. 안심하세요.

1942

식통(食通)

식통이란, 대식가를 이른다고 들었다. 난 이제는 그렇지도 않지만, 예전엔 엄청난 대식가였다. 그 시절에, 나는 자신을 그저 대단한 식통이라고만 생각했다. 친구 단 가즈오에게, 식통이란 대식가를 이른다고 진지한 낯으로 알려 주며, 어묵 가게 같은 데서 두부, 간모도키,* 무, 또 두부, 이러한 순서로 끝도 한도 없이 먹어 보였더니, 단 군은 눈이 휘둥그레지며, 자넨 어지간한 식통이로군! 하고 감탄했다. 이마 우헤이 군에게도 나는 그 식통의 정의를 알려 주었는데, 이마 군은 단박에 얼굴 가득 희색을 띠고, 어쩌면 나도 식통일지 모르겠는걸. 이렇게 말했다. 이마 군하고는 그 후 대여섯 번, 함께 먹고 마셨는데, 과연 틀림없는 대(大)식통이었다.

저렴하고 맛있는 걸 실컷 먹을 수 있다면, 이보다 더 나은 게 어디 있나? 당연한 이야기다. 바로 식통의 깊은 뜻이다.

언젠가 신바시(新橋)의 어묵 가게에서, 젊은 남자가 새우

---

* 으깬 두부에 잘게 썬 야채나 다시마 등을 넣고 기름에 튀긴 것.

구이 껍질을 젓가락으로 솜씨 좋게 벗겨 내고 여주인한테 칭찬을 받자, 쑥스러워하기는커녕 더더욱 새침하니 또다시 한 마리, 반들반들 벗겨 냈는데, 참으로 꼴불견이었다. 너무나 멍청해 보였다. 손으로 벗겨 낸들, 뭐 어떤가? 러시아에선 카레라이스도 손으로 먹는다 한다.

일문일답(一問一答)

"뭔가, 최근의 감상을 들려주세요."

"난처한데요."

"난처한데요, 하시면 제가 더 난처합니다. 뭔가, 들려주세요."

"인간은 정직해야만 한다, 라고 최근 절실히 느낍니다. 미련한 감상입니다만, 어제도 길을 걸으면서, 절실히 그걸 느꼈습니다. 얼버무리려 하니까, 생활이 힘들고 까다로워지는 겁니다. 정직하게 말하고, 정직하게 나아가면, 생활은 참으로 간단해집니다. 실패라는 게 없습니다. 실패란, 얼버무리려다가 끝내 얼버무리지 못한 경우를 말합니다. 그리고 무욕(無慾)이라는 것도 중요하지요. 욕심을 부리면, 아무래도 좀 얼버무리고 싶어지는 데다, 얼버무리려 하면 이것저것 까다로워지고, 급기야 정체가 탄로 나서 쓸쓸함을 맛보게 됩니다. 뻔한 감상입니다만, 그래도 요만한 걸 체득하는 데 34년 걸렸습니다."

"젊은 시절의 작품을 지금 다시 읽으시면, 어떤 느낌인가요?"

"옛 앨범을, 펼쳐 놓고 보는 듯한 느낌입니다. 인간은 바뀌지 않았는데, 복장은 바뀌었지요. 그 복장을, 흐뭇하니 보고 있기도 합니다."

"뭔가, 주의(主義)라고 할 만한 게, 있으신가요?"

"생활에선, 언제나, 사랑이라는 걸 생각하고 있습니다만, 이건 저뿐만 아니라 누구나 생각하는 것일 테지요. 그런데 이게 어려운 겁니다. 사랑 어쩌고 하면, 달짝지근한 것인 양 생각할지도 모르겠는데, 어려운 거예요. 사랑한다는 게 어떤 건지, 전 아직, 모르겠어요. 좀체 사용할 수 없는 말 같다는 느낌이 듭니다. 스스로는 대단히 애정 깊은 사람이라 느낀다 한들, 전혀 그 반대이기도 한 경우가 있으니까 말이죠. 아무튼, 어려워요. 아까 말한 정직이라는 것과, 조금 연관이 있는 듯한 느낌도 듭니다. 사랑과 정직. 알 것 같기도 하고, 모를 것 같기도 하고, 여하튼 제겐, 아직 모르는 구석이 있습니다. 정직은 현실의 문제, 사랑은 이상(理想), 글쎄, 그러한 데에 저의 주의, 라고 할 만한 게 깃들어 있을지도 모르겠습니다만, 저는 아직 분명히 알지 못합니다."

"당신은, 크리스천인가요?"

"교회엔 가지 않지만, 성서는 읽습니다. 전 세계에서, 일본인만큼 그리스도교를 바르게 이해할 수 있는 인종은 드물지 않겠나 싶습니다. 그리스도교에서도 일본이 앞으로 세계의 중심이 되는 게 아닌가, 생각합니다. 최근 구미인(歐美人)의 그리스도교는 참으로, 엉성합니다."

"이제 슬슬 전람회의 계절입니다만, 뭔가 보셨는지요?"

"아직 어느 전람회도 보지 않았습니다만, 요즘, 그림을 즐겨 그리는 이가 참으로 드물어요. 조금도 기쁨이 없어요. 생명력이 빈약합니다.

엄청 으스대는 듯한 말만 해서, 죄송합니다."

염천한담(炎天汗談)

덥군요. 올해는 유난히 더운 것 같군요. 참으로 덥네요. 이 토록 더운데 일부러 이런 시골까지 와 주시니, 정말로 송구합니다만, 한데, 제겐 무엇 하나 이야깃거리가 없어요. 겉옷을 좀 벗으시지요. 어서. 이토록 더운데 바깥을 걷는 건 괴롭습니다. 파라솔을 쓰고 걸으면 다소 나을지도 모르겠는데, 남자가 파라솔을 쓰고 다니는 모습은, 그다지 보기 힘들더군요.

정말로 아무 이야깃거리가 없어서 큰일이네요. 그림 이야기? 그것도 곤혹스럽습니다. 예전엔 저도 무척이나 그림을 좋아했고, 화가 친구도 많이 있어서, 그 화가들의 작품을 닥치는 대로 헐뜯으며 의기양양 우쭐댄 적도 있습니다만, 지난해 가을, 혼자 슬며시 그림을 그려 보고는 그 서투른 솜씨에 나 스스로 어이가 없어, 그 이후로 그림 이야기는 한마디도 하지 않기로 정했습니다. 요즘은 친구의 작품이라도, 오로지 감탄하기로 마음을 쓰고 있습니다.

이건 그림 이야긴 아닙니다만, 일전에 신바시 연무장(演舞場)에 분라쿠*를 보러 갔습니다. 분라쿠는 학생 시절에 딱

182

한 번 보았을 뿐, 거의 10년 만이었던 터라, 예의 에이자,** 분
고로*** 같은 이들이 그 10년간 한층 경탄할 만큼의 원숙함
을 기예에 더 보태었으려니, 크게 기대하며 보러 나섰는데, 직
접 보건대 조금도 다르지 않았습니다. 10년 전 꼭 그대로, 고
스란히 똑같았습니다. 제 기대는 빗나간 셈입니다만, 그래도,
저는 고쳐 생각했습니다. 변하지 않았다, 라는 이 한 가지야말
로, 참으로 경탄, 탄복할 만하지 않은가! 진보하지 않았다, 라
고 하면 좋지 않게 들리지만, 퇴보하지 않았다고 고쳐 말하면
어떨까요. 퇴보하지 않는다는 것, 이건 상당한 일입니다.

수업(修業)이라는 건, 천재에 다다르는 방법이 아니라 젊
은 시절의 천품(天稟)을 언제까지나 지탱해 내기 위해서야말
로, 필요합니다. 퇴보하지 않는다는 것, 이건 상당한 노력입니
다. 어느 정도 높은 수준을, 언제까지나 변함없이 계속 유지하
는 예술가는 굉장한 인물입니다. 대부분 사람은 나이와 더불
어 퇴보합니다. 나이를 먹으면 저절로 예술이 훌륭해지기 마
련, 따위는 거짓말이지요. 남보다 갑절로 수업하지 않고선, 그
어떤 천재인들 굴러떨어지고 맙니다. 한번 굴러떨어지면, 그
걸로 끝입니다.

변하지 않는다는 것, 그것만으로도 예사로운 일이 아닙니
다. 하물며 기예의 진보라든가 엄청난 비약 같은 건, 제작자
자신에겐 거의 생각하기 힘들 정도로 어마어마하여, 그야말로

---

*   文樂. 전통 인형극. 샤미센 반주의 사설에 맞추어 인형들이 연기한다.
** 요시다 에이자(吉田榮三, 1872~1945), 분라쿠에서 특히 남자 인형을 놀리는
    명인이었다.
*** 요시다 분고로(吉田文五郎, 1869~1962), 분라쿠에서 특히 여자 인형을 놀리
    는 명인이었다.

천의(天意)를 기다리는 것 말고는 방도가 없습니다. 종이 한 장의 근소한 진보조차, 어째서? 어째서? 스스로는 끊임없이 궁리하고 나아가고 있으려니 여기지만, 곁에서 보기엔 그저 현상 유지쯤으로밖에 보이지 않는 법입니다. 제작 경험이고 뭐고 없는 구경꾼들이 "도대체 저 작가에겐 비약이 없어. 10년이 하루 같잖아." 어쩌고 시건방진 말을 합니다만, 그 '10년 하루'가 얼마만큼의 수업을 통해 지탱되고 있는지, 도통 알지를 못합니다. 권위 있는 비평을 할 생각이거든, 우선 스스로 어느 정도까지 제작의 고생스러움을 겪어 볼 일이에요.

정말 덥네요. 이토록 더운 날엔 차라리 도테라*라도 입어 보면, 어떨까요? 되레 시원할지도 모르겠네요. 여하튼 덥군요.

---

* 일반 기모노보다 좀 길고 큼직하게 만든 방한용 솜옷. 침구로도 사용된다.

1943

내가 애호하는 말

어쩐지 다들, 좋은 말을 지나치게 사용합니다. 아름다운 말을 범하는 기미가 있습니다. 오가이*가 멋진 말을 했습니다.

"술을 기울이며 효모를 홀짝거리지는 말 것."

하여 가로되, 내겐 좋아하는 말이 없다.

---

* 작가 모리 오가이를 가리킨다. 45쪽 각주 참조.

1944

향수(鄉愁)

나는 촌스러운 시골뜨기인지라, 시인의 베레모나 벨벳 바지 같은 걸 보면 도무지 진득하니 있을 수 없다. 또 그 작품이라는 걸 들여다봐도, 산문을 그저 무턱대고 행을 바꿔 써서 읽기 힘들게 만들고, 의미 있음 직하니 꾸며 보인다고만 여겨져, 애당초 시인이라 자칭하는 사람들을 영 마뜩잖게 생각했다. 검은 안경을 쓴 스파이는 스파이로서 쓸모가 없는 거나 마찬가지로, 이른바 '시인다운' 허영의 히스테리즘은, 문학의 불결한 이(虱)라는 생각마저 했다. '시인답다'라는 말에조차 오싹했다. 하지만 쓰무라 노부오*의 동료 시인들은, 그런 거슬리는 치들이 아니었다. 대체로 평범한 풍모를 지녔다. 시골뜨기인 내겐, 그것이 무엇보다 듬직하게 여겨졌다.

그 가운데 유독 쓰무라 노부오는 나와 얼추 비슷한 연배

---

* 津村信夫(1909~1944). 잡지 《사계(四季)》에서 활약했으며, 첫 시집 『사랑하는 신의 노래(愛する神の歌)』(1935)를 자비 출판했다. 애디슨병으로 일찍 세상을 떠났다.

에다, 그 밖에도 이유가 있었지만, 아무튼 내게 무척 친근감을 느끼게 했다. 쓰무라 노부오를 알고 지낸 지 10년이나 되었는데, 언제 만나건 웃음 짓고 있었다. 하지만 나는 쓰무라를 쾌활한 사람이라고는 생각하지 않았다. 햄릿은 늘 웃고 있다. 그리고 돈키호테는, 자신을 '우울한 표정의 기사'라 불러 달라고 종자(從者)에게 부탁한다. 쓰무라의 가정은 흔히 말하는 '좋은 집'인 듯하다. 그렇지만 좋은 집에는 또, 좋은 집의 언짢은 우울이 있는 법이리라. 특히나 '좋은 집'에서 태어나 시를 쓰는 데엔, 묘한 '힘겨움'이 있는 건 아닐는지? 나는 쓰무라의 웃음 띤 얼굴을 보면, 언제나 그야말로 우울의 물 밑바닥에서 솟구친 적광(寂光) 같은 걸 느꼈다. 가엾다고 생각했다. 용케 견뎌 내고 있다고 감동했다. 나라면 그만 자포자기하고 말 텐데, 쓰무라는 얌전히 웃고 있다.

나는 쓰무라의 삶의 방식을, 내 본보기로 삼아야지, 생각한 적도 있다.

내가 쓰무라를 생각하는 만큼 쓰무라가 나를 생각해 주었는지 어쨌는지, 그 점에 대해선 나는 잘난 체하고 싶지 않다. 난 쓰무라에게, 상당히 폐를 끼쳤다. 그즈음 둘 다 대학생이었는데, 나는 혼고의 메밀국수 가게 같은 데서 술을 마시다가 어쩐지 계산 쪽이 슬슬 불안해지면 쓰무라한테 전화를 걸었다. 메밀국수 가게의 계산대 사람들이 실상을 눈치채지 못하도록, "헬프! 헬프!" 이렇게만 말한다. 그런데도 쓰무라는 정확히 알아듣는다. 싱글벙글 웃으면서 찾아온다.

나는 그런 식으로 두세 번 도움을 받았다. 잊은 적이 없다. 그건 분명히 나쁜 일이니까 언젠가 꼭, 사과해야만 한다고 생각하던 참에, '노부오 타계' 속달을 쓰무라의 형한테서 받았다. 그때는 또, 우리 집에서는 아내의 출산으로 다들 고후에 가 있었던 탓에 속달을 본 건 며칠 뒤였고, 나는 고별식에도, 또 동료의 추도 모임에도 참석하지 못했다. 운이 나빴다. 언젠가, 홀로, 묘에 사과하러 갈 생각이다.

쓰무라는 천국에 갔을 게 틀림없고, 나는 죽어도 다른 곳으로 갈 터이니, 이제 영원히 쓰무라의 얼굴을 볼 수 없으리라. 지옥 밑바닥에서, "헬프! 헬프!" 하고 소리친들, 이제 쓰무라도 와 주지 않으리라.

이젠, 헤어지고 말았다. 나는 나카하라 주야*도 다치하라 미치조**도 그리 좋아하지 않았지만, 쓰무라만은 좋아했다.

---

* 中原中也(1907~1937). 시인. 랭보, 베를렌의 영향을 받았으며 삶의 권태를 서정적으로 노래했다.
** 立原道造(1914~1939). 시인. 《사계》 동인. 심세히고 음악적인 서정시를 썼다.

한 가지 약속

　난파하여, 내 몸은 성난 파도에 휩쓸려 해안에 내동댕이쳐졌고, 필사적으로 꽉 붙들고 매달린 곳은 등대의 창가다. 아하, 기뻐라! 도움을 바라며 크게 소리치려다가 창문 안을 들여다보니, 때마침 등대지기 부부와 그 어린 딸아이가 조촐하나마 행복한 저녁 식사를 한창 즐기는 중이다. 아아! 안 돼! 생각했다. 내 처참한 소리 하나로, 이 단란함이 엉망진창 부서지는걸! 이런 생각에, 목구멍까지 차올랐던 '살려 줘!' 소리가 극히 한순간, 머뭇머뭇했다. 극히 한순간이다. 삽시간에 처얼썩, 거센 파도가 밀어닥쳐, 그 내성적인 조난자의 몸을 한입에 집어삼키고, 먼바다 아득히 낚아채 갔다.

　이제는, 살아날 방도가 없다.

　이 조난자의 아름다운 행위를, 대체 누가 보고 있었을까? 아무도 보지 않았다. 등대지기는 아무것도 모른 채 가족끼리 단란한 식사를 계속하고 있었음이 틀림없고, 조난자는 성난 파도에 시달리며 (혹은 눈보라 치는 밤이었는지도 모른다.) 홀로 죽어 갔다. 달도 별도, 그것을 보고 있지 않았다. 그래도 그 아름다운 행위는 엄연한 사실로서, 이야기되고 있다.

달리 말하면, 이것은 작자의 하룻밤 환상에 실마리를 두고 있다.

하지만 그 미담은 결코 거짓이 아니다. 분명 그러한 사실이, 이 세상에 있었던 거다.

여기에 작자의 환상이 지닌 불가사의가 존재한다. 사실은 소설보다 더 기이하다, 라고 말한다. 그러나 아무도 보지 않은 사실인들, 세상에는, 있다. 그리고 그러한 사실에야말로, 고귀한 보석이 빛나고 있는 경우가 많다. 바로 그것을 쓰고 싶다, 이는 곧 작자 삶의 보람이 된다.

제일선에서 싸우는 제군. 안심하시게나. 그 누구에게도 알려지지 않은 어느 날, 어느 한 귀퉁이에서 보인 제군의 아름다운 행위는 기필코 일군의 작가들에 의해 그릇됨 없이, 속속들이, 자자손손 이야기로 전해지리라. 일본 문학의 역사는 삼천 년을 그리 해 왔고, 앞으로 또 변함없이 그 전통을 계승하리라.

1945

봄

벌써 서른일곱이 됩니다. 요전에 어떤 선배가 거참, 자넨 용케도 살아왔군, 하고 절실히 말했습니다. 나 자신도 서른일곱까지 살아온 것이, 거짓말처럼 여겨지기도 합니다. 전쟁 덕분에, 간신히 살아 낼 힘을 얻은 듯합니다. 벌써 아이가 둘 있습니다. 큰애가 딸아이로, 올해 다섯 살이 됩니다. 작은애는 사내아이인데, 지난해 8월에 태어나서 아직 아무런 재주도 부릴 줄 모릅니다. 적기 내습 때는, 아내가 어린 아들을 들쳐 업고, 나는 딸아이를 그러안고, 방공호로 뛰어 들어갑니다. 일전에 느닷없이 적기가 내려와, 바로 가까이에 폭탄을 떨어뜨렸습니다. 방공호에 뛰어 들어갈 틈도 없이, 가족은 두 편으로 나뉘어 벽장 안으로 기어들었는데, 와장창! 뭔가 깨지는 소리가 났습니다. 딸아이가, 야아! 유리가 깨졌어! 라며, 공포고 뭐고 느끼지 못하는 낌새로 무심히 떠들어 댑니다. 적기가 떠난 뒤, 소리 난 쪽으로 가 보니, 역시나 작은 방 유리창이 한 장 깨져 있었습니다. 나는 말없이 웅크리고 앉아 유리 파편을 주워 모았습니다만, 그 손끝이 떨리는 통에 쓴웃음 지었습니다. 한시라도 빨리 수리하고 싶어서, 아직 공습경보가 해제되지 않았는데도 기름종이를 잘라 깨진 자리에 붙였습니다. 그런데 지저분한 뒷면을 바깥쪽으로, 깔끔한 면을 안쪽으로 향하게 붙인 탓에 아내는 낯을 찌푸리고 말했습니다. "제가 나중에 할 텐데, 거꾸로잖아요, 그거." 나는 또다시 쓴웃음을 지었습니다.

소개(疏開)하지 않으면 안 되는데 이런저런 사정으로, 그리고 주로 금전적 사정으로 우물쭈물하는 사이, 벌써 봄이 찾아왔습니다.

올해 도쿄의 봄은, 북쪽 지방의 봄과 무척 닮았습니다.

눈 녹은 물방울 소리가 끊임없이 들리기 때문입니다. 딸아이는 연신 다비*를 벗고 싶어 합니다.

올해 도쿄의 눈은, 40년 만의 큰 눈이라 하더군요. 내가 도쿄에 온 지 그럭저럭 벌써 15년 남짓 됩니다만, 이토록 큰 눈을 만난 기억은 없습니다.

눈이 녹는 동시에 꽃이 피기 시작하다니, 마치 북쪽 지방의 봄과 똑같네요. 가만히 들어앉은 채로 고향에 소개 온 듯한 기분에 젖는 것도, 이 큰 눈 덕분이었습니다.

방금 딸아이가 맨발에 갓코**를 신고 눈 녹은 길로, 엄마에게 이끌려 목욕탕에 갔습니다.

오늘은 공습이 없는 모양입니다.

출정하는 나이 어린 벗의 깃발에, 남아필생 위기일발(男兒畢生危機一髮), 적어 주었습니다.

망(忙), 한(閑), 더불어 간발의 차이.

---

*   일본식 버선.
**   나막신의 유아어.

1946

바다

도쿄 미타카 집에 있던 무렵은 거의 날마다 근처에 폭탄이 떨어지기에, 난 죽어도 상관없지만 이 아이의 머리 위로 폭탄이 떨어진다면 이 아인 끝내, 바다라는 걸 한 번도 보지 못한 채 죽고 마는구나, 생각하니 마음이 쓰렸다. 나는 쓰가루 평야 한복판에서 태어난 터라, 바다를 보는 것이 늦어, 열 살무렵에야 처음 바다를 보았다. 그리고 그때의 엄청난 흥분은, 지금껏 내게 가장 소중한 추억 하나로 남아 있다. 이 아이에게도, 한번 바다를 보여 줘야지.

아이는 여자애로, 다섯 살이다. 머지않아 미타카 집은 폭탄에 무너졌지만, 가족은 아무도 다치지 않았다. 우리는 아내의 고향인 고후시로 거처를 옮겼다. 하지만 얼마 안 가 고후시도 적기에 공습당했고, 우리가 지내던 집은 전소했다. 더구나, 전쟁은 여전히 이어진다. 마침내, 내가 태어난 고장으로 처자를 데려가는 수밖에 없다. 그곳이 마지막 죽음의 장소다. 우리는 고후에서 쓰가루 생가를 향해 출발했다. 사흘 밤낮 걸려서, 가까스로 아키타현 히가시노시로까지 다다랐고, 거기서 고노

센(五能線)으로 갈아타고 나서야, 조금 마음이 놓였다.

"바다는, 바다가 보이는 건, 어느 쪽인가요?"

나는 먼저 차장에게 묻는다. 이 노선은 해안 바로 곁을 지나다닌다. 우리는 바다가 보이는 쪽에 앉았다.

"바다가 보여. 이제 곧 보일 거야. 우라시마 다로* 씨의 바다가 보일 거야!"

나 혼자 마구 신이 났다.

"야아! 바다다! 저기 봐, 바다야. 아아! 바다다! 진짜 크지? 응, 바다거든!"

드디어 이 아이한테도, 바다를 보여 줄 수 있게 되었다.

"강이지? 엄마." 아이는 태연하다.

"강?" 나는 화들짝 놀랐다.

"으음, 강." 아내는 반쯤 졸다시피 대답한다.

"강이 아니야! 바다야! 아예, 완전히, 다르잖아! 강이라니, 너무 심하잖아."

참으로 어이없는 심정으로, 나 홀로, 해 질 녘 바다를 바라본다.

---

* 浦島太郎. 전설 속 인물로, 거북이를 살려 준 우라시마는 용궁에 초대된다. 융숭한 대접을 받은 뒤 고향으로 돌아와, 절대 열어선 안 된다는 약속을 어기고 선물 상자를 열자마자, 그는 삼백 살 노인이 되고 만다. 다자이는 '우라시마 다로' 이야기를, 작품 「옛이야기」 가운데 한 가지 소재로 삼았다. 우리말 번역은 『달려라 메로스』에 수록되어 있다.

같은 별

자신과 같은 해, 같은 달, 같은 날에 태어난 사람에게, 무관심한 채 지낼 수 있겠는가.

나는 1909년 6월 19일에 태어났는데, 이 《송어(鱒)》라는 잡지의 편집을 맡으신 미야자키 유즈루 씨도, 1909년 6월 19일에 태어났다고 한다.

7, 8년이나 더 지난 일이지만, 나는 미야자키 씨한테 편지를 받았다. 거기엔 대체로 다음과 같은 내용이 적혀 있었다고 기억한다.

《문예연감》을 보고, 당신이 1909년 6월 19일에 태어난 사실을 알았다. 참으로 기이한 느낌을 받았다. 실은 나도 1909년 6월 19일에 태어났다. 이 불가사의한 일치를 여태껏 몰랐다니 유감이다. 한잔하자. 당신의 형편이 좋은 날을 알려 주시라. 나는 시인이다.

이러한 내용의 편지를 받고서 나는 묘한, 마치 꿈꾸는 듯한 느낌이었다.

단언해도 좋으려니 싶은데, 1909년에 태어난 사람치고,

행복한 이는 한 사람도 없다. 버거운 별이다. 더구나, 6월. 더구나, 19일.

죄, 탄생의 시각에 있으니.

나 자신의 버거움을, 나는 자신의 탄생 시각에 귀착시키고 만 적도 있다.

그 두려워해야 할 날에, 따위, 그런, '두려워해야 할' 따위, 그런, 기껏 그런 흔해 빠진 형용으로 가벼이 처리할 수 있는 게 아니라, 거울을 두 개 맞대어 거기 비친 영상의 수를 셈하는 절망과도 비슷한 언짢고 곤혹스러운 형용사가 필요하지만, 어쨌건 그날 태어난 시인과 함께 술을 마시는 것이, 내겐 지독히 망설여졌다.

결과는 그러나, 산뜻했다. 만나 보니, 미야자키 유즈루 씨는 내가 아는 사람 가운데, 가장 싱그러운 사람이었다. 싱그럽다, 라는 형용 또한 굉장히 거슬리지만 성실, 이라고 바꿔 놓아 본들, 더욱 거슬린다.

아무튼 나는, 미야자키 씨를 만나서, 구제받은 구석이 있다. 구제받는다, 따위 단어도 참으로 경박하지만, 나는 미야자키 씨의 무사함을 진심으로 기원한다, 라고 말하는 것 말곤 달리 방도가 없다.

평안하시길. 이렇듯 천만 번 (이것도 도무지 거슬리지만.) 기원을 담아 미야자키 씨에게 말하고 싶다.

이번에 잡지를 내신다고 하는데, 지금까지의, 지금까지의 당신 그대로, 살아 주세요. 후략.

1946년 9월 8일

1947

새로운 형태의 개인주의

이른바 사회주의 세상이 되는 것, 그건 당연한 일이라고 생각해야만 한다. 민주주의라 한들, 그건 사회민주주의를 이르는 것이며, 옛 사상과 다르다는 사실을 알아야만 한다. 윤리 면에서도, 새로운 형태의 개인주의가 대두하는 이 현실을 직시하고 긍정하는 데에, 우리 삶의 방식이 있을지 모른다고 곰곰이 생각해 보는 것도 필요할 성싶다.

오다(織田)* 군의 죽음

오다 군은 죽을 작정이었다. 나는 오다 군의 단편 소설을 두 편 통독한 적이 있을 뿐이고, 또한 만남도 두 번, 그것도 바로 한 달 남짓 전에야 처음 만난 터라, 그리 깊은 교제가 있었던 건 아니다.

그러나 오다 군의 슬픔을, 나는 대부분의 사람보다 훨씬 깊이 감지하고 있었다 여긴다.

처음 그를 긴자에서 만나고, '어쩌면 이토록 슬픈 남자일까!' 하는 생각에, 나도 참을 수 없이 괴로웠다. 그의 앞길엔 죽음의 벽 이외에 아무것도 없음이, 생생히 보이는 느낌이었으니까.

이 녀석은, 죽을 작정이다. 하지만 나로선, 어찌할 수도 없다. 선배다운 충고 따윈, 역겨운 위선이다. 그저 지켜보는 수

---

*   오다 사쿠노스케(織田作之助, 1913~1947). 오사카 출신. 다자이 오사무, 사카구치 안고 등과 함께 '무뢰파(無賴派)'를 대표하는 소설가이다. 사소설의 전통에 결별을 선언한 평론 「가능성의 문학」을 집필했다.

밖에 없다.

　죽을 작정으로 글을 갈겨써 대는 남자. 그런 이가 지금 이 시대에, 더욱더욱 많이 있어도 당연한 듯 내겐 느껴지는데, 그러나 뜻밖에 눈에 띄지 않는다. 마침내 시시껄렁한 세상이다.

　세간의 어른들은 오다 군의 죽음에 대해, 제 몸을 좀 더 소중히 돌봐야 했다느니 어쩌니, 의기양양한 낯으로 비판을 가할지도 모르겠으나, 그런 파렴치한 말은 이제 하지 마시라!

　어제 읽은 다쓰노* 씨의 세낭쿠르** 소개문 가운데, 다음과 같은 세낭쿠르의 말이 적혀 있었다.

　"삶을 버리고 도망치는 건 죄악이라고 남들은 말한다. 하지만 내게 죽음을 금하는 그 똑같은 궤변가가 때로는 나를 죽음 앞에 내몰기도 하고, 죽음으로 나아가게도 한다. 그들이 생각해 내는 갖가지 혁신은 내 주위에 죽음의 기회를 늘리고, 그들이 설파하는 바는 나를 죽음으로 안내하고, 또한 그들이 정하는 법률은 내게 죽음을 부여한다."

　오다 군을 죽인 건, 당신 아닌가!

　그의 이번 급서(急逝)는, 그의 슬픈 마지막 항의의 시였다.

　오다 군! 자넨, 멋지게 해냈어.

---

*　다쓰노 유타카(辰野隆, 1888~1964). 불문학자, 수필가. 프랑스 근대 문학의 선구적 연구자로 꼽힌다.

**　에티엔 세낭쿠르(Etienne Pivert de Sénancour, 1770~1846). 프랑스 초기 낭만주의 작가.

나의 반생(半生)을 이야기하다

성장과 환경

저는 시골의 이른바 부자라 불리는 집에서 태어났습니다. 형과 누나가 많이 있었고, 막내로서 무엇 하나 부족함 없이 자랐습니다. 그런 탓에 세상 물정 모르는 지독한 부끄럼쟁이가 되고 말았습니다. 저의 이 부끄럼이 자칫 남 보기에 스스로 그걸 자랑 삼고 있는 듯 보이지나 않을까, 신경 쓰입니다.

저는 거의 타인에게 제대로 말도 못 붙일 만큼 여린 성격이다 보니, 생활력도 제로에 가깝다고 자각하며 어린 시절부터 지금껏 지내 왔습니다. 그러니 저는 오히려 염세주의라 해도 좋을 성싶고, 그다지 산다는 것에 의욕을 느끼지 않습니다. 다만 그저 한시라도 빨리 이 생활의 공포에서 도망치고 싶다, 이 세상과 작별하고 싶다, 이런 것만 어릴 적부터 생각하는 기질이었습니다.

이러한 제 성격이 저를 문학에 뜻을 두게 한 동기가 되었다고 말할 수 있겠지요. 성장한 가정이나 육친 혹은 고향이라는 개념, 그런 것들이 몹시 지우기 힘들게 뿌리박힌 듯한 느낌입니다.

제가 제 작품에서 저의 생가를 자랑하고 있는 듯 여겨질지도 모르겠습니다만, 도리어 아직 집의 실제 크기보다 훨씬 조심스레 낮춰, 거의 절반쯤, 아니, 한층 수줍어하며 이야기하는 참입니다.

하나를 보면 모든 걸 짐작할 수 있다, 어쩐지 늘 제가 그 때문에 남한테 비난받고 적대시되는 듯한, 그런 공포감이 항상 저를 따라다니고 있습니다. 그런 탓에, 일부러 최하류 생활을 해 보이기도 하고, 또는 그 어떤 지저분한 일에건 태연해지려고 마음을 다잡았지만 아무리 그래도 설마, 제가 오랏줄 허리띠를 맬 수는 없지요.

그것은 역시 남들이 저를 두고 어딘가 우쭐거린다고 생각하는, 첫 번째 원인이 되는 모양입니다. 하지만 제 목소리를 내자면, 그것이 제 나약함의 으뜸 원인인지라, 그 때문에 제 몸에 걸친 전부를 아낌없이 내놓아 드리고 싶다는 생각을 한 적이 몇 번이었는지 모르겠습니다.

이를테면 연애를 들더라도, 저 역시 그야 여자들에게 호감을 사는 일은 더러 있습니다만, 제가 그런 부잣집 자식으로 태어났기에 여자의 호감을 얻은 데 불과하다는 식으로 남한테 여겨지는 게 싫어서, 연애조차 몇 번인가 스스로 단념한 적도 있습니다.

사실 제 형이 지금 아오모리현의 민선 지사입니다만, 그러한 사실을 여자에게 한마디라도 했다간, 그걸 초들어 여자를 꼬신다고 여기지는 않을까, 되레 늘 연극을 하는 듯, 자신을 하찮게 보이세끔, 그야말로 어리석다고 할 만큼 노력하며 살아왔습니다. 이건 저 자신도 너무 버겁기에, 어찌 해결해야 할지 아직 방도를 찾지 못했습니다.

문단 생활?……

제가 아직 도쿄 대학 불문과에서 우물쭈물하던 스물다섯 살 때, 가이조샤(改造社)의 《문예》라는 잡지에서 뭔가 단편을 쓰라 하기에, 때마침 갖고 있던 「역행(逆行)」*이라는 단편을 보냈습니다. 그러다가 두세 달쯤 뒤, 신문 광고에 다른 여러 선배와 나란히 큼직하게 이름이 났고, 그게 훗날 제1회 아쿠타가와상 후보에 올랐습니다.

그 「역행」과 거의 엇비슷하게, 동인잡지 《일본낭만파》에 「어릿광대의 꽃」이 발표되었습니다. 그것이 사토 하루오 선생님의 추천을 받았고, 그 후 문학잡지에 연거푸 작품을 발표할 수 있었습니다.

그래서 저도 문단 생활이랄까, 소설을 써서 어쩌면 생활해 나갈 수 있지 않을까, 하고 어렴풋이 희망을 지니게 되었습니다. 그게 얼추 연대로 말하면, 1935년 무렵입니다.

돌이켜 보건대, 저는 뚜렷하게 이러이러한 동기로 문학에 뜻을 두었다, 라는 점은 알 수가 없고, 거의 무의식이라 해도 좋을 만큼, 저는 어느 결엔가 문학의 들판을 거닐고 있었던 듯한 느낌입니다. 정신이 들고 보니 그야말로 갈 길도 천 리, 돌아갈 길도 천 리. 이처럼 피할 수도 물러날 수도 없는 문학의

* 다자이 오사무, 『만년』에 수록.

들판 한가운데 서 있음을 알아차리고, 몹시 놀랐다, 라는 부분
이 진실에 가깝지 않나 싶습니다.

선배·좋아하는 사람들

제가 교제를 부탁드린 선배는 이부세 마스지* 씨 한 사람
이라 해도 좋을 정도입니다. 그리고 평론가로는 가와카미 데
쓰타로, 가메이 가쓰이치로,** 이 사람들도 《문학계》와 관련
하여 술친구가 되었습니다. 좀 더 나이 든 쪽 선배로는, 이건
교유라 하기가 실례일지도 모르겠지만, 댁으로 찾아가 뵌 분
은 사토*** 선생님과 도요시마 요시오**** 선생님입니다. 그
리고 이부세 씨는 급기야 현재의 아내를 중매해 주셨을 만큼
친분이 있습니다.

이부세 씨라 하면, 초기의 『한밤과 매화』라는 책에 실린
여러 작품은, 마치 보석을 늘어놓은 듯한 인상을 받았습니다.
또한 가무라 이소타***** 같은 이도 예전부터 매우 훌륭한 사
람이라고 생각합니다.

이건 나약한 성격의 인간이 지닌 특징일지도 모르겠는데,

---

*   井伏鱒二(1898~1993). 소설가. 학창 시절, 이부세의 단편 「도롱뇽」을 읽고,
      다자이는 크게 감명받았다. 두 사람은 일본 문단의 대표적인 사제지간으로 알
      려진다.
**   龜井勝一郎(1907~1966). 프롤레타리아 운동에 참여했다. 전향한 뒤, 역사와
      일본인의 실체를 탐구했다.
***   작가 사토 하루오를 가리킨다. 28쪽 각주 참조.
**** 豊島與志雄(1890~1955). 소설가, 번역가.
***** 嘉村礒多(1897~1933). 소설가. 자기 폭로 경향의 사소설을 썼다.

남들이 지나치게 법석을 떨거나 존경하는 듯한 작품에는 일단, 의혹을 품는 버릇이 있습니다.

메이지 문단에서는 구니키다 돗포*의 단편이 아주 뛰어나다고 생각합니다.

프랑스 문학에서는, 19세기라면 대체로 다들 발자크, 플로베르 같은, 이른바 대문호에 심취하지 않으면 뭔가 문인다운 자격에 미달한다는, 이상한 상식이 있는 모양입니다만, 저는 그런 대문호의 작품은 사실 읽어도 그다지 좋아하지 않습니다. 오히려 뮈세,** 도데,*** 이러한 작가를 은근히 애독하고 있습니다. 러시아에선 톨스토이, 도스토옙스키 등, 역시나 다들 거기에 감탄하지 않으면 문인 자격에 미달한다는 게 상식이 되어 있고, 그야 분명 그렇긴 할 테지만, 여전히 저는 체호프라든가, 누구보다도 러시아에선 푸시킨**** 한 사람이라 해도 좋을 만치 경도되어 있습니다.

나는 괴짜가 아니다

지난달 호《소설 신초(新潮)》의 문단 「이야기 샘」 모임에

---

*　　國木田獨步(1871~1908). 시인, 소설가. 단편집 『운명』(1906)이 자연주의 문학의 선구적 작품으로 높이 평가받았다.

**　　알프레드 뮈세(Alfred de Musset, 1810~1857). 프랑스의 시인, 소설가, 극작가.

***　　알퐁스 도데(Alphonse Daudet, 1840~1897). 프랑스의 소설가, 극작가.

****　알렉산드르 푸시킨(Aleksandr Sergeyevich Pushkin, 1799~1837). 러시아의 가장 위대한 시인이자 근대 러시아 문학의 창시자로 꼽힌다. 대표작 『예브게니 오네긴』, 『대위의 딸』 등이 있다.

서, 저는 괴짜인 데다 뭔가 오랏줄 허리띠라도 매고 있는 듯 여겨지고 있더군요. 또한 제 소설도 그저 별스럽고 색다르다 정도로 이야기를 들어 온 터라, 저는 남모르게 우울한 심정이었습니다. 세상으로부터 괴짜라든가 기인이라 불리는 인간은, 뜻밖에 소심하고 배짱이 없는, 그런 사람이 스스로를 지키기 위해 위장하는 경우가 많지 않겠는가 싶습니다. 역시 생활면의 자신 없음에서 비롯한 건 아닐지요.

저는 자신을 괴짜라거나 별스러운 남자라 여긴 적이 없고, 지극히 보통인 데다, 옛 도덕 같은 것에도 굉장히 구애받는 기질의 남자입니다. 그런데도 제가 도덕 따위 전혀 무시하고 있는 듯 생각하는 사람이 많은 모양입니다만, 사실은 완전 그 반대지요.

하지만 저는 앞서 말했다시피 나약한 성격인지라, 그 나약함이라는 것만은 인정해야 한다고 생각합니다. 또 저는 남들과 논쟁을 할 수가 없어요. 이것도 제 나약함이라 해도 좋은데, 어쩐지 저의 그리스도주의(主義) 같은 것도 다소 포함되어 있는 느낌입니다.

그리스도주의라 하면, 저는 지금 그야말로 문자 그대로 '황폐한 누옥'에 살고 있습니다. 저 역시 그야 남들처럼 보통의 집에서 살고 싶다고는 생각합니다. 아이가 가엾다는 생각도 합니다. 하지만 저는 아무리 해도 좋은 집에서 살 수 없습니다. 그건 프롤레타리아 의식이라든가 프롤레타리아 이데올로기라든가, 그런 데서 배워 익힌 게 아니라, "너희는 너 자신을 사랑하는 것처럼 이웃을 사랑하라."라는 그리스도의 말을 이상스레 완고히, 굳게 믿어 버린 모양입니다. 그런데 너 자신을 사랑하는 것처럼 이웃을 사랑한다는 건, 도저히 해낼 수 있는 일이 아님을, 요즈음 절실히 헤아리게 되었습니다. 인간은 모두 똑같다. 그런 사상은 그저 사람을 자살로 몰아넣기만 할 뿐인 게 아닐까요?

그리스도의, 너 자신을 사랑하는 것처럼 네 이웃을 사랑하라는 말을, 나는 분명 잘못 해석하고 있는 게 아닐까. 그건 좀 더 다른 의미가 있는 게 아닐까. 그리 생각했을 때, 너 자신을 사랑하는 것처럼, 이라는 말이 떠오릅니다. 역시 나 자신도 사랑해야만 합니다. 자신을 미워하고, 혹은 자신을 학대하며 남을 사랑한다면, 자살 이외엔 달리 없음이 당연하다는 사실을, 어렴풋이 깨닫게 되었습니다만, 그러나 그건 단지 그럴싸한 논리일 뿐입니다. 세상 사람을 대하는 제 감정은 여전히 늘 부끄러움이고, 키 높이를 두 치쯤 낮추어 걷지 않으면 안 될 성싶은 실감을 지닌 채 살아왔습니다. 이러한 부분에도, 제 문학의 근거가 있는 듯 느낍니다.

또한 저는 사회주의란 역시 옳은 것이다, 라는 실감이 있습니다. 그리고 지금 겨우 사회주의 세상이 된 듯하고, 가타야마* 총리 같은 이가 일본의 우두머리가 되었다는 사실은 역시 기쁜 일이 아닐까 여기면서도, 저는 예전과 마찬가지로 아니, 어쩌면 예전보다 더 스산한 생활을 해야만 합니다. 이러한 제 불행을 생각하면, 이제 자신에게 행복이라는 건 평생 없는가 싶은데, 그건 센티멘털한 기분이 아닌, 어째선지 몹시 명료히 알 수 있게 된 듯, 요즘 느낍니다.

이것저것 생각하기 시작하면, 저는 술을 마시지 않고는

---

* 가타야마 데쓰(片山哲, 1887~1978). 정치가. 제2차 대전 후, 일본사회당 위원장. 1947~1948년 연립 내각의 수상.

배길 수 없습니다. 술로 인해 자신의 문학관이나 작품이 좌우된다고 생각하지 않습니다만, 다만 술은 제 생활을 굉장히 뒤흔들고 있습니다. 앞에서 말씀드렸듯이 사람들을 만나도 만족스레 이야기를 나누지 못한 채, 나중에야 그걸 말할 걸 그랬다, 이렇게 말할 걸 그랬다, 하며 속상해합니다. 언제나 사람을 만날 때는 거의 어찔어찔 현기증이 나면서, 이야기를 하기는 해야 하는 성격인 탓에, 그만 술을 마시게 됩니다. 그래서 건강을 해치고, 혹은 경제의 파탄 따위도 심심찮게 있다 보니, 가정은 늘 빈한(貧寒)의 분위기를 띠고 있습니다. 누운 채 이리저리 그 개선책을 궁리해 보기도 하지만, 이건 아무래도 죽기 전엔 고치기 어렵다, 라는 데까지 이른 것 같습니다.

저도 벌써 서른아홉이 됩니다만, 세상에서 앞으로 살아갈 일을 생각하면 멍해질 따름이고, 아직 아무런 자신감도 없습니다. 그러니, 그런 이른바 겁쟁이가 처자식을 부양해 나간다는 사실은, 오히려 비참하다고 할 만하지 않은가, 라는 생각도 해 봅니다.

작은 바람

　예수가 십자가에 매달리시어, 그때 벗어 던지신 새하얀 속옷은 위에서 아래까지 바느질 땀 하나 없이 전부 그 모양 그대로 짜서 만든, 참으로 진기한 옷이었던 터라, 병졸들이 그 고상하고 우아한 물건에 탄식을 터뜨렸노라고 성서에 기록되어 있는데,

　아내여,

　예수 아닌 시정의 한낱 겁쟁이가, 날마다 이렇듯 괴로워하고, 그러다가 혹여 죽어야만 할 때가 오거든, 바느질 땀 하나 없는 속옷은 바라지 않으니, 하다못해 옥양목으로 새하얀 팬티 한 장을 지어 입혀 주지 않겠소?

1948

—

혁명

스스로 한 일은, 그렇듯 똑똑히 말하지 않으면, 혁명이고 뭐고 실행되지 않습니다. 스스로 그렇게 하더라도, 다른 걸 실행하고 싶은 생각에, 인간은 이렇게 해야만 한다, 라는 식의 말씀을 하시는 동안엔, 인간 밑바닥부터의 혁명은, 언제까지나 불가능합니다.

도당(徒黨)에 대하여

도당은 정치다. 그리고 정치는 힘이라고들 한다. 그렇다면 도당도 힘이라는 목표를 지니고 발명된 기관인지도 모른다. 더구나 그 힘이, '믿고 의지할 밧줄'로 삼는 구석은, 역시나 '다수(多數)'라는 점에 있는 듯하다.

그런데 정치의 경우는 200표보다 300표가 절대적이라, 거의 신의 심판 앞에 나선 듯 승리할 수도 있겠지만, 문학의 경우엔 조금 다르게도 여겨진다.

고고(孤高)함. 그건 예전부터 어설피 입발림하는 말로 닳도록 사용되었고, 그 입발림을 헌상받는 사람을 만나 뵈어 보면 그저 언짢은 인간, 누구라도 그이와 사귀는 건 거절, 이러한 기질의 사람이 많은 듯하다. 그리고 그 이른바 '고고한' 사람은, 툭하면 입을 삐죽거리며 '무리(群)'를 헐뜯는다. 왜, 어째서 헐뜯는지 까닭을 알 수 없다. 오직 '무리'를 헐뜯어 자신의 이른바 '고고함'을 자랑삼는 것은, 외국이건 일본이건 예전엔 다들 훌륭한 사람들이 '고고'했다는 전설에 편승하여, 이로써 제 신상의 쓸쓸함을 얼버무리는 낌새처럼 여겨지기도 한다.

'고고하다'고 스스로 큰소리치는 자를 조심해야만 한다. 무엇보다도, 그건 뇌꼴스럽다. 거의 예외 없이, '간파당해 버린 타르튀프*'다. 애당초, 이 세상에 '고고함'이란 없는 거다. 고독이라는 건, 있을지도 모르겠다. 아니, 오히려 '고저(孤低)'의 사람이야말로 많을 성싶다.

나의 현재 형편에서 말하자면, 나는, 좋은 친구를 더없이 원하지만, 아무도 나와 놀아 주지를 않으니, 내친김에 '고저'로 되지 않을 수 없다. 이렇게 말한들, 그것도 거짓말이고, 나는 나 나름으로 '도당'의 괴로움이 예감되기에, 차라리 '고저'를 택하는 편이, 그 또한 결코 녹록지는 않지만, 되레 그쪽에 거주하는 편이 마음 편하게 여겨지는 터라, 굳이 친우교환(親友交歡)을 하지 않을 따름이다.

그래서 거듭 '도당'에 대해 좀 말하고 싶은데, 내게 (다른 사람은, 어떠한지 모르겠다.) 가장 고통스러운 건, '도당' 패거리의 멍청한 치를 멍청하다 말도 못 한 채, 도리어 상찬을 보내야만 하는 의무의 부담이다. '도당'이라는 건, 옆에서 보기에 이른바 '우정'으로 맺어진 한통속, 이라고 말해 미안하지만,

---

*　『사기꾼 타르튀프(Le Tartuffe ou L'imposteur)』는 프랑스의 고전주의 극작가 몰리에르가 1664년에 발표한 희극이다. 등장인물 타르튀프는 '위선자'라는 뜻의 일반 명사로도 사용된다.

응원단의 박수처럼 참으로 기가 막히게 걸음새며 말투가 딱 들어맞는 모양인데, 사실 가장 증오하는 치는, 같은 '도당' 안에 있는 인간이다. 오히려 마음속, 믿고 의지 삼는 인간은, 자기 '도당'의 적수 안에 있다.

자기 '도당' 안에 있는 밉살스러운 녀석만큼 다루기 곤혹스러운 건 없다. 그것이 평생, 자신을 우울하게 할 불씨라는 사실을, 나는 알고 있다.

새로운 도당의 형식, 그것은 동료끼리 공공연히 배반하는 자리에서 시작될지도 모른다.

우정. 신뢰. 나는, 그것을 '도당' 안에서 본 적이 없다.

구로이시(黒石)* 사람들

쓰가루에서 소개하던 중, 구로이시초에 한번 놀러 간 적이 있습니다. 《구로이시 민보(民報)》의 나카무라 씨 집으로 놀러 갔습니다. 나카무라 씨는 줄무늬 바지를 입고 있었습니다. 언제나 수줍어하며 얼굴을 붉히고, 미소 짓습니다. 머리가 좋은 사람은, 대체로 이런 표정을 짓는 법입니다. 나카무라 씨는 제게 글씨를 쓰게 했습니다. 그러고는 제가 쓰는 것을 곁에서 지켜보면서, "요전에 ×× 씨한테도 써 달라고 했는데, 그이는 썩 괜찮았어." 말하고, 본인 스스로 몹시 멋쩍어했습니다. 제 글씨엔 어지간히 실망하셨나 본데, 그럴 만도 합니다.

구로이시 민보사의 주필인 후쿠시 씨는, 구로이시의 시인이며 작가 들을 제게 소개해 주셨습니다. 제 와이셔츠의 소맷부리 단추라도 끌러져 있으면, 후쿠시 씨는 그걸 놓치지 않고 말없이 매만져 잠가 주곤 했습니다. 저도 마음이 놓여 가만히,

* 아오모리현 서부, 쓰가루 평야 남동부에 위치한 소도시. 그 주변은 쌀, 사과의 산지로 유명하다.

후쿠시 씨가 매만져 주기를 기다리는데, 마치 제가 후쿠시 씨한테 중풍 걸린 할아버지가 된 모양새였습니다.

기타야마 씨라는 시인은, 눈 내리는 밤길을 저와 둘이서 걸었습니다. 기타야마 씨는 그날 밤, 특별히 새 군화를 신고서 제게 환영의 마음 씀씀이를 보여 주었습니다만, 새 군화가 눈에 미끄러워, 기타야마 씨는 몇 번이고 몇 번이고 넘어졌습니다. 기타야마 씨가 한됫병을 손에 들었던 터라, 저는 기타야마 씨가 넘어질 때마다, 철렁했습니다.

또한 쓰시마 씨라는 시인은, 저를 구로이시의 이웃 마을로 데려가서 좌담회를 열었는데, 마을 사람들은 스님의 설교인 줄 잘못 알았는지 할아버지 할머니가 엄청스레 모여 있기에, 질려 버렸습니다. 그러다가 마을의 한 젊은이가 저를 무시한 채 직접 연설을 시작했고, 자리가 대단히 어색해졌습니다. 쓰시마 씨는 그 젊은이의 연설을 중단시키려고, 참으로 애쓰는 품이었습니다.

그곳을 물러난 저희 두 사람은 그 마을의 의사 선생님 댁으로 갔는데, 술을 마셔도 도통 흥이 일지 않았습니다. 정말이지, 참담한 좌담회였습니다.

또한, 구로이시 근처 다른 마을의 촌장님으로 가미 씨라는 할아버지가 계시는데, 이 사람은, "쓰시마의 온차*는 한참, 한참, 인물이 되질 못했어. 공부 좀 해! 야이, 멍청한 녀석아." 하면서 막무가내로 저를 꾸짖더군요. 야단맞고는, 어쩐지 기뻤습니다.

지금은 일에 쫓기어 느긋하니 쓸 수 없습니다만, 요다음에 다시 기회를 봐서, 무언가 쓰겠습니다.

---

* 쓰가루 말로, '형'이라는 뜻이다.

여시아문(如是我聞)*

1

타인을 공격해 봤자, 시시하다. 공격해야 하는 건 그자들의 신(神)이다. 적의 신이야말로 해치워야 한다. 그런데 해치우려면 우선, 적의 신을 발견하지 않으면 안 된다. 사람은, 자신의 진짜 신을 용케 감춘다.

이건, 프랑스인 발레리**의 중얼거림인가 본데, 나는 요 10년간, 화가 나도 억누르고 억눌러 온 것을, 앞으로 매달 이 잡지(《신초(新潮)》)에, 아무리 그 때문에 남들이 불쾌해한들, 써 나가야만 한다. 그러한, 내 의지와 무관한 '시기'가 마침내 온 듯하기에, 두루두루 연고자에게 용서를 구하고, 혹은 의절도 미리 생각해 두었는데, 이런 건 지나친 과장이라는 둥, 혹

---

* '나는 이와 같이 들었다'라는 뜻. 아난다가 붓다의 가르침을 사실 그대로 전한다는 의미로, 경전의 첫머리에 쓰는 불교 용어.

** Paul Valéry(1871~1945). 프랑스 시인, 수필가, 비평가. 순수시의 이론을 확립하고 문학과 예술, 문화 전반에 걸쳐 평론을 썼다.

은 아니꼽다는 둥, 그자들에게 빈축을 사게 되리라는 건 이미 파악하고서, 요컨대, 나의 항의를 써 볼 작정이다.

나는 맨 먼저 발레리의 중얼거림을 꺼내 들었지만, 독으로 독을 제압한다는 심정이 없지도 않다. 내가 이제부터 해치워야 할 상대자들은 대부분, 이를테면 20년 전에 파리에서 유학하고, 어쩌면 홀어머니에 한 자녀, 생계를 위해, 지금은 프랑스 문학 대(大)호평, 효도하는 아들, 벌이가 좋은 남편, 그저 그뿐이다. 무턱대고 프랑스인 이름을 줄줄이 써 늘어놓고는 이른바 '문화인' 인기 스타랍시고, 당사자는 설마, 그리 생각지도 않으련만, 세상의 멍청이가, 마치 옛날 전진훈(戰陣訓)*의 작자인 양 맞이하는 듯한 낌새에 '편승'하는 자들이다. 그리고 또 하나 내가 도무지 싫어하는 건, 낡은 것을 낡은 그대로 긍정하는 자들이다. 새로운 질서라는 것도 있을 터다. 그것이 정연하게 보이기까지는, 다소 혼란이 있을지도 모른다. 하지만 그건, 어항에 붕어마름을 던져 넣었을 때의, 약간의 혼탁함 같은 게 아닌가 한다.

그렇다면, 나는 이번 달에 무얼 말해야 할까? 단테의 지옥편 첫머리에 나오는 (정확한 이름은 지금, 잊었다.) 그 베르길리우스**라나 뭐라나 하는 늙은 시인처럼, 하도 오래도록 무어라 말하지 않은 탓에 목소리가 꺼칠해져, 느닷없이 여러분의 잠을 깨울 만큼 빼어나고 울림 있는 내용은 쓸 수 없을지도 모

---

*   1941년, 도조 히데키(東条英機)의 이름으로 육군 전체에 내려진, 전시 중 장병의 수칙.
** 「신곡」에서 단테를 이끌고 지옥과 연옥을 안내하는 베르길리우스는 시인의 영혼이자 인간 이성과 철학을 상징한다.

르겠으나, 차츰 여러분의 공감을 얻게 되리라 확신하여, 이렇 듯 쓰고 있는 거다. 그렇지 않고서야, 종이가 부족한 이 시대에, 구태여 쓸 일도 없으리라. 그렇잖은가?

한 무리의 '노(老)대가'라는 치가 있다. 나는 그자들 어느 한 사람과도 대면할 기회를 얻지 못했다. 나는 그자들의 강한 자신감에 질려 버렸다. 그들의 그 확신은, 어디에서 나오는 걸까? 이른바, 그들의 신은 무엇일까? 나는, 요즘 간신히 그걸 알았다.

가정(家庭)이다.

가정의 에고이즘이다.

그것이 최종 기도다. 나는 그자들에게, 속임당했다고 여긴다. 상스러운 말투를 쓰자면, 처자식이 귀엽다는 것뿐 아닌가?

나는 어느 '노대가'의 소설을 읽어 보았다. 별것도 없이 그저 주변 후원자들의 취향에 걸맞은 표정을, 야무지게 갖추어 내보이고 있을 뿐이었다. 경박하기 짝이 없건만, 멍청이들은 그걸 '훌륭하다'느니, '결벽하다'느니, 형편없는 자는 '귀족적'이다 뭐다 해 가며 떠받드는 모양이다.

세상을 속인다는 건, 이런 자들을 일컫는 거다. 경박하다면, 경박한들 상관없지 않은가? 어째서, 자신의 본질인 그런 경박함을, 다른 기질과 바꿔치기하고 보란 듯이 내보여야만 하는가! 경박함을 비난하는 게 아니다. 나 역시, 이 세상에서 가장 경박한 남자가 아닐까 생각한다. 어째서 그것을, 다른 기질과 헷갈리게끔 얼버무려야 하는지, 나는 도무지 이해할 수 없다.

결국, 가정생활의 안락만이 마지막 염원이기 때문은 아닐까? 마누라의 의견에 압도당하면서도, 어쩐지 마누라한테 인정받고 싶은 심정, 아아! 역겨워, 그런 심정이 작품 어딘가에, 예컨대 변소 냄새처럼 내겐, 미덥지 못 하다.

쓸쓸함. 그것은 귀중한 마음의 양식이다. 하지만 그 쓸쓸함이 오로지 자기 가정하고만 연결되었을 때는, 옆에서 보기에 대단히 추하기 마련이다.

그 추함을, 스스로 이른바 '황송'하게 여기고 쓰는 거라면, 재미난 읽을거리라도 될 테지. 그러나 그걸 자기가 순교자인 양, 되게 거드름을 피우며 쓰고 있는데, 그 괴로움에 옷깃을 여미는 독자도 있다던가 하는 소릴 들으니, 그 한심함에 기가 막힐 노릇이다.

인생이란, (나는 확신하여 이것만은 말할 수 있는데, 괴로운 장소다. 태어난 게 불행의 시작이다.) 그저 남과 다투는 일이며, 그 틈틈이, 우리는, 무언가 맛있는 것을 먹어야만 한다.

도움이 된다.

그게 뭔가? 맛있는 것을, 이른바 '도움'이 안 되더라도 음미하지 않는다면, 어디에 우리의 살아 있다는 증거가 있겠는가. 맛있는 것은, 음미하지 않으면 안 된다. 음미해야만 한다. 그러나 지금까지, 이른바 '노대가'가 내미는 요리에서, 나는 무엇 하나 맛있다고 느끼지 않았다.

여기서 일일이 그 '노대가'의 이름을 늘어놓아야 하나 싶지만, 난 그자들을 진심으로 경멸해 마지않기에, 이름을 늘어놓으려 해도, 이름을 잊어버렸노라고 말하고 싶을 정도다.

다들, 무학(無學)이다. 폭력이다. 나약함의 아름다움을 모른다. 그것만으로도 이미, 내겐, 맛없다.

무엇이 맛있고, 무엇이 맛없나. 이걸 모르는 인종은 비참하다. 나는 일본의 (이 일본이라는 국호도, 바꿔야 한다고 생각한다. 일장기 또한, 나는, 당장 변경해야 한다고 생각한다.) 이 사람들은 글렀다, 라고 생각한다.

예술을 향락할 능력이 없는 듯 여겨진다. 오히려 독자는, 그렇지 않다. 문화의 지도자랍시고 그럴싸한 표정을 짓고 있는 사람들이, 훨씬 아무것도 이해 못 한다. 독자의 지지에 떼밀려, 마지못해, 이른바 불건강하다 소릴 듣는 나(다자이)의 작품을, 글쎄, 그럭저럭 역작일 테지, 쯤으로 말할 뿐이다.

맛있다는 것. 혀가 망가져 있으면 맛을 알지 못하여, 그저 양(量), 또는 씹는 느낌, 그것만이 문제가 된다. 일껏 고생하여 나쁜 재료는 버리고 정말로 맛있는 부분만을 골라 바치고 있건만, 날름 한입에 삼키고는, 이건 요깃거리가 못 돼, 좀 더 보신이 될 만한 건 없나? 말하자면 식욕의 음란함이다. 나는, 도무지 함께할 수 없다.

아무것도 모르는 거다. 이해하지 못하는 거다. 상냥함이 뭔지조차, 이해하지 못하는 거다. 요컨대 우리의 선배라는 자는, 우리가 선배를 다정스레 대하면서 이해하려고 힘껏 애쓰는 그 절반, 아니 4분의 1만큼이라도, 후배의 괴로움에 대해 생각해 본 적이 있겠는가. 이 점을, 나는 항의하고 싶은 거다.

어느 '노대가'는, 내 작품이 딴전을 부려서 싫다고 말한다는데, 그 '노대가'의 작품은 뭔가? 정직을 뽐내고 있나? 무얼 뽐내고 있나? 그 '노대가'는 어지간히 사내다운 풍채가 자랑거리인 듯, 언젠가 그 사람의 선집을 펼쳐 보았더니, 썩 멋들어진 옆얼굴 사진. 게다가 조금도 쑥스러워하지 않는다. 도통 무신경한 사람이라 생각했다.

그 사람에게 딴전 부린다는 인상을 준 것, 이는 나의 앙

뉘*일지도 모르겠으나, 그래도 그 사람의 팽팽히 넘치는 기운
엔 나 역시, 질린 나머지 손들지 않을 수 없다.

넘치는 기운으로, 뭔가 말한다는 것은 무신경하다는 증
거이며, 또한 남의 신경도 전혀 문제시하지 않는 상태를 가리
킨다.

델리커시.** (이러한 단어는, 어쩐지 좀 멋쩍지만,) 그런 걸 갖
추지 않은 사람은 스스로 깨닫지 못해도, 얼마만큼 타인을 깊
이 아프도록 상처 입히고 있는지 모르는 거다.

자기 혼자 훌륭하여, 저건 글렀어, 이건 글렀어, 모조리 마
음에 들지 않는다고 하는 문호는, 부끄럽지만 우리 주위에만
있고, 바다를 건넌 곳에는 그다지 없지 않나 싶다.

또 어느 '문호'는, 다자이는 도쿄 말을 몰라, 라고 말하는
가 본데, 그 사람은 도쿄에서 태어나고 도쿄에서 자란 사실을,
아니 그것만을, 자신이 믿고 의지할 밧줄 삼아서 살아가는 게
아닐까, 나는 의심했다.

그 녀석은 코가 납작하니, 좋은 문학을 할 수 없어. 이렇게
말하는 거나 마찬가지다.

요즈음 참으로 어이가 없게도, 이른바 '노대가'들이 국어
의 난맥(亂脈)을 개탄하고 있는 모양이다. 뇌꼴스럽다. 저 홀
로 마구 우쭐댄다. 국어의 난맥은, 나라의 난맥에서 시작되었
음에도 눈을 가리고 있다. 그 사람들은 전쟁 중인들 우리에게
아무런 의지도 되지 않았다. 나는 그때 그 사람들의 실체를 보
았다, 생각한다.

---

* 앙뉘. 37쪽 각주 참조.

** delicacy. 섬세함, 미묘함.

234

사과하면 될 텐데. 미안합니다, 하고 사과하면 될 텐데. 원래 모습대로 죽을 때까지 똑같은 자리에 눌러앉으려고 한다.

이른바 '젊은이들'도 칠칠치 못하다고 여긴다. 히나단(雛壇)*을 뒤집어엎을 용기가 없는지? 자네들에게 맞없는 건, 딱 잘라 거부해도 되지 않겠는가? 변해야만 한다. 나는 새로운 걸 즐겨 좋는 사람은 아니지만, 그래도 이 히나단 그대로라면, 우리에겐 자살 말고는 달리 없는 듯하다. 생생히 말할 수 있을 것 같다.

이토록 말하는데도 여전히 '젊은이'의 과장, 혹은 기염으로밖에 느낄 줄 모르는 '노대가'라면, 나는 이제껏 가장 꺼려 온 일을 스스로 해야만 한다. 협박이 아니다. 우리의 괴로움이, 거기까지 이른 거다.

이번 달은 그야말로 일반 개론, 더구나 그저 노발대발 마구잡이 화풀이 같은 문장이 되었지만, 우선은 나의 강한 의기를 나타냄이니, 이다음부터 멍청이 학자, 멍청이 문호에게 하나하나 묘한 말씀을 올리는 그 전주곡이라 여겨 주시길.

내 소설의 독자에게 말하건대, 나의 이런 경솔한 행동을 나무라지 말라.

2

그들은 말만 하고 실행하지는 않는다. 또한 무겁고 힘겨

---

* 히나마쓰리(여자아이들을 위한 일본의 전통 축제로, 해마다 3월 3일 열린다.) 때, 인형 등 여러 가지 물건을 차려 놓는 계단식 진열대.

운 짐을 묶어 다른 사람들 어깨에 올려놓고, 자기들은 손가락 하나 까딱하려고 하지 않는다. 그들이 하는 일은 모두 다른 사람들에게 보이기 위한 것이다. 그래서 성구갑을 넓게 만들고 옷자락 술을 길게 늘인다. 잔칫집에서는 윗자리를, 회당에서는 높은 자리를 좋아하고, 장터에서 인사받기를, 사람들에게 랍비*라고 불리기를 좋아한다. 그러나 너희는 랍비라고 불리지 않도록 하여라. 그리고 너희는 선생이라고 불리지 않도록 하여라.

불행하여라, 위선자 학자! 너희는 사람들 앞에서 하늘나라의 문을 잠가 버리고, 자기들도 들어가지 않을 뿐 아니라, 들어가려는 이들마저 들어가게 놔두지 않는다. 눈먼 인도자들아! 너희는 작은 벌레들은 걸러 내면서 낙타는 그냥 삼키는 자들이다. 불행하여라, 위선자 학자! 겉은 다른 사람들에게 의인으로 보이지만, 속은 위선과 불법으로 가득하다. 불행하여라, 위선자 학자! 너희는 예언자의 무덤을 만들고, 의인의 묘를 꾸미면서 말한다, "우리가 만약 조상들 시대에 살았더라면, 예언자를 죽이는 일에 가담하지 않았을 텐데."라고. 이처럼 너희는 예언자를 살해한 자의 자손임을 스스로 증언한다. 그러니 너희 조상들이 시작한 짓을 마저 하여라. 뱀들아, 독사의 자식들아! 너희가 어떻게 지옥의 형벌을 피할 수 있겠느냐?**

---

* rabbi. 히브리어로 '나의 주인'이라는 뜻. 유대교에서 '율법사(律法師)'를 높여 일컫는 말이다.
** 「마태복음」, 23장 3~10절, 13~(14)절, 24~34절. 「성경」(한국천주교주교회의, 2018)을 참조했다.

L군, 안됐지만, 이달은 자네를 향해 이야기하게 될 듯하다. 자넨 지금 학자라더군. 엄청나게 공부했을 테지. 대학 시절엔 그리 '썩 잘하지' 못했던 것 같지만, 역시나 '노력'이 제 몫을 톡톡히 했겠지. 한데, 난 일전에 자네의 에세이 비슷한 걸 우연한 기회에 읽어 보고, 그 거만스러움에 대단히 놀라는 동시에, 자넨 외국 문학자(이 단어도 굉장히 기묘하여, 외국인 작가인가? 그리도 들리는군.)인데도, 바이블이라는 걸, 도무지 건성으로 읽고 있는 듯하기에, 정말이지 오싹했다네. 예부터 서양인 문학자면서, 바이블에 시달리지 않은 사람이 한 사람인들 있었을까? 바이블을 주축으로 삼아 회전하는 수만 개의 별이 아니었던가?

　　하지만 그건 나의 이른바 만만한 느낌이고, 자네들은 그것을 깨닫고 있으면서도, 자네들의 자기 파산이 두려워, 눈을 감고 있는지도 모르지. 학자의 본질. 그건 나도 어렴풋이 이해되는 바가 있는 것 같기도 해. 자네들의, 이른바 '신(神)'은 '미모(美貌)'야. 새하얀 장갑이야.

　　나는 오래전 성서 연구에 필요하여 그리스어를 배우기 시작했는데, 그 야릇한 기쁨과 마취제를 사용해 얻은 듯한 부자연스러운 자부심을 느끼고는, 결코 나의 게으름 탓이 아니고, 그 습득을 포기한 기억이 있다. 그 불건강한, 이라 해도 좋을 만큼 기묘하게 공전하는 프라이드 속에 자네들이 태연스레 늘 거주하고 있다면, 그건 어쩌면, 그 예수에게 "너희는 회칠한 무덤 같으니, 겉은 아름답게 보이지만,* 운운." 이런 말을 들어도 도리 없지 않겠는가, 싶다.

---

* 「마태복음」, 23징 27·~28절.

공부가 나쁜 게 아니야. 공부의 자부심이 나쁜 거야.

나는 자네들의 이른바 '공부'의 정수인 번역을 읽음으로써, 참으로 굉장한 즐거움을 얻었네. 그 점에 대해선, 언제나 난 자네들에게 줄곧 고마운 마음을 품어 온 셈이지. 그러나 자네들의 요즈음 에세이만큼 참담하고 빈약한 건 없다고도 생각하네.

자네들은, (기억해 두는 게 좋아.) 한낱 어학 교사야. 가정 원만, 처자식과 함께 '단팥죽 만세'를 외치고, 보들레르 소개문을 써 나가는 당치 않음도 그러하거니와, 또한 원문으로 읽지 않고는 맛을 알 수 없다 하고선 자신의 명역을 뽐내며 내다 파는 모순도 그러하거니와, 도대체, 자네들은 '시(詩)'를, 도통 이해하지 못하는 것 같다.

예수로부터 도망치고, 시로부터 도망치고, 한낱 어학 교사라 불리는 것도 억울하니, 저널리즘의 주문에 응하며 무슨 '랍비' 행세를 하는 낌새인데, 자네들이 세상에서 조금이라도 신뢰를 얻고 있는 마지막 한 가지는 뭔가? 알면서도, 그걸 자기 신상의 '지위' 보전을 위해, 슬그머니 이용하는 거라면, 꼴불견이야.

교양? 그것도 자신이 없을 테지. 도무지, 어떤 게 맛있고 어떤 게 맛없는지, 향기인지 악취인지, 구별해 낼 턱이 없으니까. 남이 좋다고 하는 외국의 '문호' 또는 '천재'를, 100년이나 지난 뒤, 그저, 좋다고 할 뿐이니까.

우아함? 그것도, 자신이 없을 테지. 안쓰러울 정도로 그걸 동경하건만, 자네들이 할 수 있는 거라곤 붉은 기와지붕 아래의 문화생활쯤일 테지.

어학에는, 물론 자신 없음.

그런데 자네들은 어쩐지 '계몽가' 같은 어투로, 천연덕스레 민중에게 연설하지.

양행(洋行).

뜻밖에 그런 부분에서, 자네들과 민중의 서로 속이기가 성립되는 건 아닌가? 설마! 라고 하지 말라. 민중은 기이하게도, 이 양행이라는 것에 겁나리만큼 관심을 갖지.

시골뜨기의 상경이라는 것에 대해 생각해 보자고. 20년 전, 우에노의 무슨 박람회를 보고 히로코지(廣小路)의 소고기 전골을 먹었다고 말하는 것만으로도, 시골에 돌아가면 그 몸에 상당한 관록이 붙는 법이지. 민중은 이걸 한 수 위로 여기니까, 가만히 있을 수 있겠나. 하물며, 도쿄에서 3년, 고학으로 법률을 익혔다(그런데 그건, 통신 강의록으로도 익힐 수 있는 모양이던데), 그런 경력을 갖췄다고 하면 마을 유력자의 한 사람으로, 싫어도 떼밀리거든. 시골뜨기가 출세하는 지름길은, 상경에 있지. 게다가 그 시골뜨기는, 어지간한 시점에 어김없이 귀향하지. 그게 비결이야. 그 가족과 다투고 쫓기다시피 시골을 떠나 박람회도, 니주바시(二重橋)도, 47인의 묘도 본 적이 없는(혹은 볼 마음도 일지 않는) 그런 상경자는 우리와 같은 편이지만, 대체 일본의 이른바 '양행자(洋行者)' 가운데, 일본으로부터 도망치는 심정으로 배를 탄 사람은, 몇이나 되었을까?

외국으로 가는 건 내키지 않지만, 꾹 참고 3년 있으면 대학교수가 되어 어머니를 기쁘게 해 드릴 수 있노라고 주위 사람들에게 축복받으면서, 가시마 신사(鹿島神社)*에 들른다던

---

* 이바라키현에 위치한 신궁. 이곳의 수호신에게 여행 안전을 기원하고 길을 떠났다는 얘기가 전해진다.

가 하는 게, 자네들 양행자의 대부분이 아니겠나? 그게 일본 양행자의 전통이니까, 변변한 학자가 나오지 않는 것도 무리가 아냐.

내가 정말이지 희한하게 여기는 건, 이른바 '양행'한 학자의 무슨 '양행의 추억'이라나, 그런 문장을 보건대, 어지간히 다들, 신이 나 보인다. 신날 리가 없다고 나는 확신한다. 일본이라는 나라는, 옛날부터 외국 민중의 관심 밖에 있었다. (무모한 전쟁을 일으키고 나서는, 조금 유명해진 듯하다. 그것도 악명 높은 쪽으로.) 나는 진작부터, 그 시골 여자 중학생이 단체로 도쿄 여행을 와서 구경하는 모습 따위에 비참함을 느끼는 사람인데, 만약 내가 외국에 나간다면, 바로 그 모습 그대로일 게 뻔하다고 생각한다.

못생긴 얼굴의 동양인. 쩨쩨한 고학생. 붉은 담요.* 앗! 깜짝이야. 지저분한 치아. 일본에는 기차가 있나요? 송금이 연착될까 봐 끊임없는 불안. 그 우울과 굴욕과 고독. 그것을 어느 '양행자'가 쓰기나 했던가!

결국은, 그저 신난 거다. 우에노 박람회다. 히로코지 소고기가 맛있었던 거다. 어떤 진보가 있었던가!

묘하게도 자네들 '양행자'는, 자네들 외국 생활의 비참함을 감추고 싶어 하지. 아니, 감추는 게 아니라, 그걸 깨닫지 못하는 건가? 만약 그러하다면 얘깃거리가 못 돼. L군, 교제는 사절이야.

---

* 메이지 시대. 시골에서 도시로 가는 사람들이 대개 붉은 담요를 걸치고 있었던 데서, 도시 구경 온 시골뜨기를 뜻한다. 현지에 익숙하지 못한 해외 여행자를 일컫기도 한다.

내친김에 말하자면 자네들 '양행자'는, 이상스레 선선히 발림소리를 하더군. 술자리 같은 데서, 작가는 (어떤 멍청한 작가라도) 과연 그렇지 않은데, 자네들은 아아, 다자이 씨입니까? 뵙고 싶었습니다, 당신의 ××라는 작품엔 반했습니다, 악수합시다, 라는 둥 말하기에, 이쪽은 그런가? 여기고 있으면, 그 후 신문 시평이며 좌담회 등에서 그 동일인이, 엉? 의아할 만큼 마구잡이로 내 작품을 깎아내리는 일이 간혹 있는 듯하다. 이것 또한, 자네들이 양행하는 동안 습득한 무언가가 아닐까, 하고 나는 생각하지. 은근함과 복수. 콧대 꺾인 문화 원숭이.

비참한 생활을 해 온 거지. 그리고 지금도, 비참한 인간 그대로잖아. 감추지 마.

사삿일이지만, 생각나는 게 있다. 내가 대학에 들어간 그해 봄, 형이 상경해 찾아와, (아버지가 돌아가시고, 형은 젊은 나이에 아버지의 상당한 유산을 물려받았다. 그 유산의 한 가지 용도로 형은, 이른바 세계 유람을 마음먹은 낌새였다.) 다카다노바바의 내 하숙집 근처에 있는 메밀국수 가게에서,

"너도 같이 가지 않을래? 어때? 난 한 바퀴 돌고 올 작정인데, 넌 도중에 프랑스 언저리에 머물면서 프랑스 문학을 연구하건 무얼 하건, 그건 네가 좋을 대로 하면 돼. 대학의 불문과를 나온 뒤에 프랑스에 가는 것, 프랑스에 갔다 오고 나서 대학에 들어가는 것, 어느 쪽이 공부하는 데 나으려나?"

나는, 거의 말이 끝나기 무섭게 대답했다.

"그야 역시, 대학에서 기초 공부한 뒤가 더 낫지."

"그런가?"

형은 찌무룩한 표정이었다. 형은 나를 통역 대신 삼아서

도, 데려가고 싶었던 모양이지만, 내가 거절한 터라 다시 고쳐 생각한 듯, 그 후로 외국행 이야기를 영 꺼내지 않았다.

사실 이때 나는, 새빨간 거짓말을 하고 있었다. 당시, 내겐 좋아하는 여자가 있었다. 그 여자와 헤어지기 싫은 마음에, 그 럴싸한 핑계를 꾸며 양행을 거부한 거다. 이 여자와 관련해선, 나중에 호된 고생을 했다. 그러나 난 지금은, 그 일을 후회하지 않는다. 양행하는 것보다, 가난하고 미욱한 여자와 고생하는 편이 더욱, 인간의 사업으로서 곤란할뿐더러 영광스러운 거라고까지 생각하기 때문이다.

아무튼, 양행자의 여행담만큼 공허한 울림을 느끼게 하는 건 없다. 시골뜨기의 도쿄 여행담, 그것과 아주 흡사하다. 명소 그림엽서. 거기엔 시민 생활의 내음이 아예 없다.

논문에 비유하자면, 그 부인 잡지의 '신(新)부인의 진로' 따위의 제목, 더없이 추잡스럽고 알맹이 없는, 그런데도 무어라 의미 있는 듯 별스레 새침한, 그 논문 같은 게 됨 직하다.

아무리 자기 자신이 알맹이 없건, 비열하건, 위선적이건, 세상에는 그런 동료만 수두룩하니, 굳이 괴로워하면서, 때려엎어 버리려고 남 듣기 싫어하는 말을 할 필요는 없을 텐데. 출세하면 되잖아. 교수라는 직함을 얻으면 되잖아, 따월 은밀히 생각하고 계신다면, 내가 또 무슨 말을 하리오.

그런데 세간 학자들은 요즈음, 묘하게 내 작품에 대해 이러쿵저러쿵 말들을 하게 됐지. 그 녀석들은 어차피 멍청이니까, 어느 세상에나 그런 녀석들이 있는 거니까 신경 쓰지 마, 하는 말을 다른 사람한테 들은 적도 있는데, 하지만 나는 그 불결한 멍청이들(악인이라 해도 좋다.)이 하는 이야기를 웃으며 귀 기울일 만큼 도량이 넓은 사람도 아니고, 또한 비평을 눈곱

만큼도 개의치 않는 탈속인(그런 탈속인은 고금동서, 한 사람도 없었음을 보증한다.)도 아니다. 또한 자기 작품이 어떤 악평엔들 절대 스포일(spoil)되지 않을 만큼 탄탄한 것이라는 자신감을 지니지도 못한 터라, 전부터 속이 뒤집힌다고 여겨 온 사람의 언동에 맞서 지금이야말로, 자기방어의 항의를 시도해 보는 것이다.

어느 '외국 문학자'가, 「비용의 아내」*라는 내 소설의 이른바 독후감을 모 문예 잡지에 발표한 걸 읽은 적이 있는데, 어찌나 머리가 나쁜지 나는 어안이 벙벙해져, 이자는 축농증 환자가 아닐까, 하고 진심으로 의심했을 정도였다. 대학교수라 해 봤자 딱히 대단할 건 없지만, 이런 자가 대학에서 문학을 가르치는 범죄의 악질성에 오싹했다.

그 녀석이 말한다. (프랑수아 비용은, 이런 분이 아니라고 들었습니다만.) 이 얼마나 낡아 빠진 허영인가! 익살이나 농담도 못 된다. 비아냥조차 되지 않는다. 그들 대학교수는 이 정도쯤에서, 은근히 자위하는 것이고, 이는 이른바 학자 패거리가 공통으로 지닌 애처로운 자존심의 표정인 듯 여겨진다. 또, 그 멍청이 선생 가로되, (작자는, 이 작품 뒤에서 이히히히히 웃고 있다.) 일이 이 지경에 이르면, 나도 펜을 쥔 손이 떨릴 정도로 웃기고 한심스러운 생각이 든다. 어찌나 공상력이 빈약한지! 그 이히히히히 웃고 있는 건, 그 선생 자신일 테지. 참으로 그 웃음소리는 그 선생한테 잘 어울려.

그 작품의 독자가 가령 5000명 있다 한들, 이히히히히 따

* 우리말 번역 「비용의 아내」는 『달려라 메로스』(유숙자 옮김, 민음사, 2022)에 수록되어 있다.

위 외설스러운 단어를 느낀 이는 필시, 그 '고상'한 교수 한 사람 말고는, 우선 없으리라고 나는 생각한다. 영광스러운 자여! 그대는 5000명 가운데 한 사람이다. 조금은, 부끄러이 여기라.

원래 작자와 평자와 독자의 관계는, 예컨대 정삼각형의 각 꼭짓점에 위치하는 것이라 여기는데, (△와 같은 위치에서 제각기 바깥을 향해 앉아 있다면야 얘깃거리도 안 되지만, 제각기 안쪽으로 마주 보고 걸터앉아서, 작자는 이야기하고, 독자는 듣고, 평자는 더러 작자의 이야기에 맞장구를 치고, 더러는 미심쩍은 걸 바로잡고, 더러는 독자를 대신해 스톱을 청한다.) 요즈음 멍청이 교수들이 되게 뻔뻔스레 나서선, 예컨대 직선상에 두 점을 두고, 그게 작자와 독자라고 한다면, 교수는 그 동일 직선상, 더구나 두 점의 중간에 비집고 끼어들어, 다짜고짜 이히히히히. 한창 이야기 중인 작자도, 그리고 독자도, 참으로 당황하여 곤혹스러울 따름이다.

이런 이야기까지는, 웬만해선 나도 하고 싶지 않은데, 난 작품을 쓰면서 죽을 만치 괴로운 노력의 기억은 있어도, 이히히히히 기억만은 지금껏 한 번도 없다. 아니, 그건 지나치리만큼 당연한 일이 아닌가? 이렇게 쓰면서도, 질리도록 너의 멍청함이 언짢고, 펜이 무겁고 얼굴이 절로 찌푸려진다.

맨 처음에 제시한 성서의 말에도 있었던 대로, 불행하여라, 위선자 학자! 너희는 예언자의 무덤을 만들고, 의인의 묘를 꾸미면서 말한다, "우리가 만약 조상들 시대에 살았더라면, 예언자를 죽이는 일에 가담하지 않았을 텐데."라고.

백 년, 이백 년 혹은 삼백 년 전의, 이를테면 라벨이 붙은 문호의 작업이라면, 불평도 없이 거듭거듭 백배 조아리며 요란스러운 선전에 힘쓰건만, 자네 바로 곁에 있는 작가의 작품을 이히히히히라고밖에 풀어내지 못하다니, 모처럼 애쓴 자네의 문학 공부도 의심스럽다고 할 수밖에 없지. 예수도 질려 버렸다잖아.

또 한 사람의 외국 문학자가, 「아버지」라는 내 단편을 평하기를, (대단히 흥미롭게 읽었으나, 이튿날 아침이 되니 아무것도 남지 않는다.)라고 말했다 한다. 이 사람이 요구하는 것은, 숙취다. 그때 흥미롭게 읽었다, 그게 바로 행복감이다. 그 행복감을, 이튿날 아침까지 유지하지 않고선 못 배기는 탐욕, 음란, 강자(强者), 이 또한 대(大)명청이 선생 중 한 사람이었다. (확인 삼아 말해 둔다. 자네들은 누군가에게 이런 말을 들으면, 특히 나처럼 일종의 딱지가 붙은 듯 보이는 자에게 이런 말을 들으면, 고상한 척 쓴웃음을 띠고서, 다자이 선생의 말씀에 따르면, 내가 탐욕, 음란, 강자, 대명청이 선생의 한 사람이라는데, 어쩌고 해 가며 슬쩍 받아넘기려는 비열하고 곰상스러운 버릇이 있는 모양이지만, 그러지 말아 주시길. 이쪽은, 진심으로 말하는 거다. 그야말로, 좀 더 진지해지라! 나를 미워하고, 깊이 생각하라!) 숙취가 없으면 만족하지 못하는 상태, 그것이야말로 진짜배기 '불건강'이다. 자네들은 어째서 그토록, 부끄러움도 체면도 없이, 오로지, 무얼 탐내는가!

문학에서 가장 중요한 건, '정성을 다한다'는 것이다. '정성을 다한다'고 말한들, 자네들은 이해 못 할지도 모르지. 그러나 '친절'이라 말해 버리면, 맨송맨송하다. 배려. 의기. 마음 씀씀이. 그리 말해도, 여전히 딱 들어맞지 않는다. 요컨대, '정성을 다한다'는 거다. 작자의 그 '정성을 다한다'가 독자에게 통했을 때, 문학의 영원성이라든가 혹은 문학의 고마움이라든가 기쁨이라든가, 그러한 것이 비로소 성립한다고 생각한다.

요리는, 배만 잔뜩 부르면 그만인 게 아니라는 이야기는 지난달에도 한 것 같은데, 더욱이 요리의 진정한 기쁨은 물론 양이 많고 적음에 있지 않으며, 또한 맛있다 맛없다, 여기에 있지도 않다. 요리사의 '정성을 다함', 그것이 기쁜 거다. 정성이 깃든 요리, 짚이는 게 있을 테지? 맛있겠지? 그것만으로 족해. 숙취를 요구하는 마음보는, 저속해. 관두는 게 좋아. 한데 자네가 특별히 아끼는 작자인 듯한 서머싯 몸,* 그는 조금 숙취를 남기는 작가이니, 자네 혀엔 안성맞춤일 테지. 하지만 자네 바로 곁에 있는 다자이라는 작가가, 적어도 그 할아버지보다야 더 멋스럽다는 사실쯤은, 알아 둬도 좋겠지.

아무것도 모르는 주제에, 이러쿵저러쿵 그럴싸한 이야기를 하는 터라, 나도 그만 이런 이야길 쓰고 싶어지는 거지. 번역만 하고 있음 돼. 자네의 번역으로, 상당히 나도 덕을 보기는 했거든. 멍청한 에세이만 써 대고, 요즘 자네도, 또 그 이히히히히 선생도, 그다지 어학 공부를 안 하는 모양이던데? 어학 공부를 게을리했다간, 자네들은 자멸이야.

분수를 알아야지. 거듭 말하는데, 자네들은 어학 교사에 불과하거든. 이른바 '사상가'조차 될 수 없어. 계몽가? 푸훗! 볼테르,** 루소의 수난을 알려나? 기껏 효도나 하라고.

몸소 보들레르의 우울을, 프루스트의 앙뉘를 들쓰고 나타나는 건, 적어도 자네들 주변에선 없으리라.

---

* William Somerset Maugham(1874~1965). 영국 작가. 대표작으로 『달과 6펜스』, 『면도날』, 『인생의 베일』 등이 있다.
** Voltaire(1694~1778). 프랑스 작가, 철학자, 계몽사상가. '종교의 광신과 배타성'을 타파하는 데 삶을 바쳤다.

(성말 맞는 말이야. 다지이, 흠씬 해치워! 그 교수들은, 도무지 건 방지거든. 아직 미적지근한걸. 나도 진작부터, 아니꼽더라니까.)

등 뒤에서 그런 목소리가 들린다. 나는 휘익, 돌아다보며 그 남자에게 대답한다.

"무슨 소릴 지껄이는 거야! 너보다는, 그야 뭐라 하건, 그 선생들이 더 뛰어나지. 너희는, 본디 '틀려먹지' 않았나? '틀려먹은' 녀석은, 이건 논외. 그래도 원한다면야, 다음 달 언저리, 자네들을 향해 무슨 말을 해 줄 수도 있겠지만, 자네들은 지저분해서 말이야. 여하튼 워낙 무학(無學)인 탓에, '문학'이 아닌 부분에서 사람을 치더군. 예를 들면 검도 시합에서 때리는 곳은 얼굴, 몸통, 손목, 정해져 있을 터인데, 너희는 시합(play)도 생활도 한데 뒤섞어 버리고, 방호구가 없는 상박부나 정강이를 힘껏 후려치지. 그러고는 이겼다 여기고 있으니, 지저분해서 말이야."

3

모반(謀叛)이라는 단어가 있다. 또, 관군(官軍), 적군(賊軍)이라는 단어도 있다. 외국에선 이와 딱 맞아떨어지는 느낌의 단어가, 그다지 사용되지 않는 것 같다. 배반, 쿠데타, 그런 단어가 주로 사용되는 듯하다. "모반이오. 모반이오!" 하고 떠들썩하니 술렁이는 건, 일본의 혼노지(本能寺)* 언저리에만

* 교토시에 위치한 불교 사원이다. 1582년 오다 노부나가(織田信長)가 혼노지에 숙박했을 때, 아케치 미쓰히데(明智光秀)가 반역을 일으켜 노부나가를 살해했

있는 듯 여겨진다. 그리고 이른바 관군은, 이른바 적군을, "모조리 오합지중(烏合之衆)일세!"라고 노래하며 기세를 올린다. 모반은 악덕 중에서도 가장 격심한 것, 이른바 적군은 가장 역겨운 것. 그런 식으로 일본 사회가 정해 버린 낌새다. 모반인도 적군도, 설령 이겼다 한들 이른바 '삼일천하'*이니, 결국은 멸망하기 마련이라는 양, 우리는 배워 온 것이다. 생각해 보면, 이거야말로 음산한 봉건사상의 노출이다.

옛날에도 그런 짓을 한 녀석이 있었는데, 그건 권세욕 혹은 인기몰이를 위한 곡예에 불과한 거라, 실컷 떠들게 놔두고 가만히 있다 보면 자멸하기 마련이야, 다자이도 이제 이걸로 끝장인가, 충고를 해 줘야 하는데, 라며 걱정해 주시는 선배도 있는 모양이지만, 예부터 패배할 게 뻔하다고 여겨지는 이른바 모반인이, 기필코 이번엔, 패배하지 않는 지점에 민주 혁명의 의의도 있는 게 아닐런가.

민주주의의 본질은, 그건 사람에 따라 갖가지로 말할 수 있겠지만, 나는, '인간은 인간에게 복종하지 않는다.' 혹은 '인간은 인간을 정복할 수 없다, 즉 종자(從者)로 삼을 수가 없다.' 그것이 민주주의가 발상(發祥)한 사상이라고 생각한다.

선배라는 이가 있다. 그리고 그 선배라는 이는, '영원히' 우리보다 훌륭한 치인가 보다. 그들의 그 '선배'라는 핸디캡은, 거의 폭력이나 다름없이 우악스럽다. 예컨대 내가 지금, 이른바 선배들의 험담을 쓰고 있는 이 모습은, 히요도리 고개**

다. 이 '혼노지 사변'으로 소실 후, 재건되었다.

* 아케치 미쓰히데가 천하를 장악한 지 얼마 안 되어 살해된 데서 생겨난 표현.

** 고베시 시가지 서부에서 롯코(六甲) 산지를 넘는 험한 산길.

의 가파른 내리막길을 단숨에 내려가는 게 아니라, 히요도리 고개를 거꾸로 오르는 꼬락서니 같다. 바위, 계수나무, 흙덩이에 달라붙어, 홀로, 기어 올라가건만, 선배들은 산 위에 총집결하여 담배를 뻐끔거리면서, 나의 그런 한심스러운 모습을 내려다보며 바보라 하고, 추접스럽다 하고, 인기몰이라 하고, 발끈 흥분한 상태라 한다. 그러고는 내가 조금 위로 오르기 시작하면, 너무나 수월히도, 그들 발치의 돌멩이 하나를 발로 툭 차서 떨어뜨려 보낸다. 견뎌 낼 수가 없다. 으악! 꼴사나운 비명과 함께, 나는 낙하한다. 산 위의 선배들은 와자하니 웃고, 아니, 웃는 건 그나마 나은 편이고, 발로 차 떨어뜨리고는 시치미를 뗀 채, 마작 탁자에 빙 둘러앉아 있거나 한다.

우리가 아무리 목이 쉬도록 말해도, 이른바 세상은, 반신반의한다. 그렇지만 선배의, 저건 글렀어, 라는 한마디에는, 한때의 칙어(勅語)와도 같은 효과가 있다. 그들은 참으로 칠칠치 못한 생활을 하고 있음에도, 이른바 세상의 신용을 얻을 만한 방식으로 살아간다. 그리하여 그들은 빈틈없이, 그 세상의 신뢰를 이용한다.

영원히, 우리는, 그들보다 글러 먹은 거다. 우리가 힘껏 애쓴 작품도, 그들의 작품에 비하면 읽을거리가 못 되는 거다. 그들은 그 세상의 신뢰에 편승하여, 저건 글렀어, 라고 말하고, 세상 사람들도, 역시 그렇군! 손쉽게 수긍한다. 이른바 선배들이 그리할 마음만 있다면, 우리를 미치광이 병원에조차 집어넣을 수 있는 거다.

노예근성.

그들은 의식하고서, 아니면 무의식으로, 그 노예근성에 최대한 기대고 있다.

그들의 에고이즘, 차가움, 우쭐거림. 그것이 독자의 노예 근성과 참으로 딱 맞아떨어지는 듯하다. 어떤 평론가는, 어느 노(老)대가의 작품에 거듭거듭 백배 조아리며 말하길, "그 선생님에겐 서비스가 없으니 훌륭해. 다자이 따윈, 그저 독자를 재미나게 만들 뿐이라……."

노예근성도 극도에 이르렀나 싶다. 요컨대 자신을, 아예 문제 삼지 않고 치욕스럽게 해 주는 작가가 고마운 모양이다. 평론가로는, 이렇듯 말하자면 '어설픈 지식 팔이'가 많은 탓에, 속이 메슥거린다. 수묵화의 아름다움을 알지 못하면, 고상한 예술을 이해하지 못한다, 이렇게라도 생각하는 걸까? 고린*의 극채색은, 고상한 예술이 아니라고 생각하는 걸까? 와타나베 가잔**의 그림인들, 모두 다 상냥한 서비스가 아닌가!

완고함. 분노. 냉담함. 건강. 자기중심. 그것이 뛰어난 예술가의 특질인 듯 달갑게 여기는 사람도 있는 모양이다. 그런 기질은 모조리, 대단히 남성적인 것으로 받아들여지는가 본데, 그건 도리어 여성의 본질이다. 남자는, 여자처럼 쉬이 화내지 않는 데다 상냥하다. 완고함 같은 건, 교양 없는 안주인이 지닌 굉장히 저속한 성질에 불과하다. 선배들은 이제 좀, 약자 괴롭히기를 그만두는 게 어떤가? 이른바 '문명'과 가장 멀찍이 있다. 그건, 완력일 뿐이다. 안주인들의 '우물가 쑥덕공론'을 들어 보신다면, 무언가 짚이는 게 있으실 터.

후배가 선배를 대하는 예(禮), 학생이 선생님을 대하는 예,

---

*   오가타 고린(尾形光琳, 1658~1716). 에도 중기의 화가. 대담하고 화려한 화풍을 펼쳤으며, 공예 분야에도 탁월한 디자인을 선보였다.

**   渡邊華山(1793~1841). 에도 후기의 문인화가. 서양화 기법을 받아들여 독자적 양식을 완성했으며, 예리한 필치로 빼어난 초상화 작품을 남겼다.

자식이 부모를 대하는 예. 그런 것들을, 지겹도록 우리는 배워 왔고, 또한 다소나마 충실히 따르고 지켜 온 셈이지만, 선배가 후배를 대하는 예, 선생이 학생을 대하는 예, 부모가 자식을 대하는 예, 그런 것들을, 우리는 한마디도 배운 적이 없다.

민주 혁명.

나는 그 필요를 통감하고 있다. 이른바 유능한 청년 여성을 거친 파괴 사상으로 몰아넣는 것은, 민주 혁명에 무관심한 너희, 선배들의 완고함이다.

젊은이의 불평도 들어 줘! 그리고 생각해 줘! 내가 이런 '여시아문'이네 뭐네 하는 졸문을 적어 두는 것은, 미치광이가 된 탓도 아니고, 잘난 척 우쭐거리는 탓도 아니고, 남한테 부추김을 받은 탓도 아니다. 하물며 인기몰이 따위가 아니다. 진심인 거다. 옛날, 아무개도 그런 짓을 했었지. 요컨대, 그런 거야, 하며 가벼이 뭉뚱그리지 말아 줘. 옛날에 있었으니까, 지금도 그와 똑같은 운명을 겪는 이가 있다는 식의 잘난 독단은 집어치워!

목숨 내걸고 일을 행하는 건 죄인가? 그리고 어름어름 겉날리며 얼버무리고, 안락한 가정생활을 목표로 일하는 건, 선(善)인가? 너희는 우리의 고뇌에 대해, 조금이라도 생각해 봐 준 적이 있으려나?

결국 나의 이런 수기는, 어리석은 거동이 되고 마는 셈일까. 내가 글을 팔아 온 지, 벌써 15년이나 지났다. 그러나 아직껏 내 말에는 아무런 권위도 없는 듯하다. 제대로 대접을 받으려면, 20년이나 더 걸릴 테지. 20년. 어름어름 겉날리고 얼버무린 작품이건 뭐건 괜찮아, 아무튼 빈틈없이 저널리즘이라는 것에 착 달라붙어, 20년, 선배를 대할 때 예를 다하고 고분

고분 얌전히 있으면, 그럭저럭 간신히 '신뢰'를 얻기에 이르는 모양이지만, 거기까지는, 내게도 역시나, 인내력의 자신감이 없다.

도무지, 그 사람들한테는, 고뇌가 없다. 내가 일본의 여러 선배에게 가장 불만스럽게 여기는 점은, 고뇌라는 것에 대해 완전히 횡설수설하고 있다는 사실이다.

어디에 '암야(暗夜)'*가 있는 걸까? 자신이 남을 용서하네, 용서 못 하네, 이러면서 그저 정신없이 쩔쩔매고 있을 뿐 아닌가! 용서하네, 용서 못 하네 따위, 그런 가당찮은 권리가 자신에게 있는 줄로 여기고 계신다. 도대체, 자신은 어떠한 가! 남을 심판할 만한 주제도 못 되련만.

시가 나오야**라는 작가가 있다. 아마추어다. 여섯 대학 리그전***이다. 소설을 만약 그림이라 치면, 그 사람이 발표하는 건 서(書)다, 라고 지인도 말했지만, 그 '훌륭함' 같은 것은, 요컨대, 그 사람의 우쭐거림에 지나지 않는다. 완력의 자신감에 불과하다. 본질적인 '불량성(不良性)' 혹은 '난봉꾼'을, 나는 그 사람의 작품에서 느낄 뿐이다. 고귀함이란, 나약한 것이다. 갈팡질팡 허둥거리며 얼굴을 붉히기 십상이다. 어차피 그 사람은, 벼락부자에 불과하다.

땅강아지라는 치가 있다. 그 사람을 존경하고, 두둔하고,

---

*　시가 나오야의 소설 『암야행로』를 가리킨다. 1921년부터 1937년까지 《개조(改造)》에 연재되었다. 아내의 실수에 괴로워하는 주인공 도키토 겐사쿠가 조화와 화해의 세계로 나아가는 고뇌를 그렸다. 일본 심경 소설의 대표작으로 꼽힌다.

**　志賀直哉(1883~1971). 43쪽 각주 참조.

***　여섯 대학의 야구 리그. 게이오, 도쿄, 릿쿄, 메이지, 와세다, 호세이 대학이 참가한다.

그 사람의 험담을 하는 자에게 욕설을 퍼붓고 때림으로써 자신의, 세상에서의 지위 같은 것을 아슬아슬 보전하고자 땀 흘리며 열중하는, 한 무리를 뜻한다. 가장 야비한 치다. 그것을, 남자다운 '정의'려니 여기고 자기만족하는 치가 대부분이다. 구니사다 주지* 영화의 영향인지도 모른다.

참된 정의란, 우두머리도 없고 부하도 없고 또한 자신도 나약하여, 어딘가에 수용되고 마는 모습에서 인정받는다. 거듭거듭 말하건대, 예술에서는, 우두머리도 부하도 그리고 벗조차, 없는 듯하다고 나는 여긴다.

내막을 죄다 밝혀 쓰는 셈이지만, 내가 이 여시아문이라는, 세속적으로 말하자면 분명 어리석은 거동의 이야기를 써서 발표하는 것은, 딱히 '개인'을 공격하기 위함이 아니라, 반(反)그리스도적 치를 향한 싸움이다.

그들은 그리스도라 하면 곧장 경멸의 웃음 비슷한 쓴웃음을 지어 보이며, 뭐야! 야소**잖아, 하는 식의 안도감 비슷한 걸 느끼는 모양인데, 내 고뇌 거의 전부는, 그 예수라는 사람의 '자기를 사랑하는 것처럼, 네 이웃을 사랑하라.'라는 난제 하나에 걸려 있다고 해도 좋다.

한마디로 말하지. 너희에겐, 고뇌의 능력이 없는, 꼭 그만큼, 사랑하는 능력도, 완전히 결여되어 있어. 너희는, 애무할지도 모르겠으나, 사랑하지 않아.

너희가 가진 도덕은, 깡그리 너희 자신, 혹은 너희 가족의

---

*   國定忠治(1810~1850). 에도 후기의 협객, 노름꾼의 전형적 인물이다. 책형을 당했으며, 연극이나 영화 등으로 각색되었다.

**   예수 그리스도.

보전 이외엔 한 걸음도 나서지 않아.

거듭 묻는다. 세상으로부터, 내쫓긴들 좋아. 목숨 걸고 일을 행하는 건 죄인가.

나는, 자신의 이익을 위해 쓰고 있는 게 아니야. 믿기지 않을 테지.

마지막으로 묻는다. 나약함, 고뇌는 죄인가.

이 글 쓰기를 마쳤을 때, 나는 우연히 어떤 잡지의 좌담회 속기록을 읽었다. 거기에 따르면, 시가 나오야라는 사람이, "2, 3일 전에 다자이 군의 「범인(犯人)」이라는 걸 읽었는데, 참으로 시시하다고 생각했지. 처음부터 훤히 다 아는 탓에, 끝까지 읽지 않은들 결말은 뻔하고⋯⋯." 이렇게 말씀하신, 아니, 말한 걸로 되어 있는데, (그러나 좌담회 속기록 혹은 인터뷰는, 그 본인에게 기억이 없는 경우가 많은 법이다. 대충 엉성한 것이기에, 그걸 문제 삼기가 어떨까 싶지만, 시가라는 개인에 대해서가 아니라, 그러한 말에 대해서 조금 항변하고 싶은 거다.) 작품의 마지막 한 줄에서 독자에게 업어 치기를 한판 먹이는 건, 그다지 멋스럽지 않으리라. 이른바 '결말'을, 오로지 숨기고 숨기다가 불쑥 내놓는, 그것을 예사롭지 않은 재능이라 간주하는 선배는 불쌍하여라! 예술은 시합이 아니다. 봉사다. 읽는 이를 상처 입히지 않으려는 봉사다. 그런데 상처받고 기뻐하는 변태도 많은 듯하니 감당이 안 된다. 그 좌담회 속기록이 시가 나오야라는 사람의 말 그대로가 아닐지라도, 만약 그와 비슷한 이야기를 했다고 하면, 그건 그 노인의 자기 파산이다. 혼자 우쭐거리잖아. '자만심 거울'*이라는 물건이 당신 집에도 있는 모양이군. '결말'을 피하고, 그러나 그 암시와 흥분으로 써 온 건 당신이 아닌가?

덧붙여, 그 노인에게 아첨꾼처럼 빌붙어 알랑거리며, 정
말이지 꼭 맞는 말씀이구먼요, 대중 소설 같은데요, 라고 말하
는 너절하고 깡마른 속물 작가, 이건 논외.

4

어느 잡지의 좌담회 속기록을 읽다 보니, 시가 나오야라
는 치가 묘하게 내 험담을 늘어놓고 있기에, 아무래도 불끈 화
가 치밀어, 이 잡지 지난달 호의 소론에 '덧붙임' 식으로 써서,
이쪽도 한바탕 입이 걸게 맞받아쳐 주었는데, 그것만으론 여
전히 나도 못다 한 말이 있는 듯한 느낌이었다. 도대체, 그치
는 어째서 그토록 으스대는 말투를 쓰는가! 보통의 소설이라
는 걸 장기라 치면, 그 녀석이 쓰는 것 따위, 박보(博譜) 장기
다. 장군, 장군, 그러다 외통수에 몰릴 게 뻔한 장기다. 주인 나
리가 배운 심심풀이 예능의 전형이다. 이기느냐 지느냐, 떨리
는 전율 같은 건 털끝만큼도 없다. 그러고는, 그 너부죽한 밋
밋함이 자랑거리인 듯하니 기막힐 노릇.

애당초 이 작가 따위는, 사색이 조잡한 데다 교양이 없고
그저 난폭할 따름인데, 그러면서 자기 혼자 우쭐우쭐 신나 하
고, 문단 한 귀퉁이에서 일부 별난 사람한테나 사랑받는 정도
가 고작이련만, 어느 틈엔가, 행랑을 빌렸다가 뻔뻔스럽게도

---

* 에도 시대의 '유리 거울'. 용모를 실제보다 더 아름답게 보여 주는 거울, 또는 우
쭐거리며 연신 들여다보는 거울을 말한다.

안방으로 쳐들어와, 어쩐지 거장이라도 된 양 차림새를 꾸미고 있으니 실소하지 않을 수 없다.

이번 달은, 이 남자에 대해 사정 볼 것도 없이, 폭로해 볼 작정이다.

고고함이라든가 절조라든가 결벽이라든가, 그런 찬사를 얻는 작가는 조심해야만 한다. 그치들은 거의 여우나 너구리처럼 몰래 나쁜 짓 벌이는 속성의 소유자다. 결벽이다 뭐다 말하는 것은, 그저 제멋대로이고, 완고하고, 더군다나 빈틈없고, 참으로 혼자 우쭐하여 신났다. 비겁하건 뭐건 좋으니 이기고 싶은 거다. 인간을 하인 삼으려는, 파쇼적 정신이라고나 할까.

이런 작가는, 이른바 군인 정신 같은 걸로 가득 차 있는 듯하다. 사정 보지 않겠다고 아까 말했지만, 역시나 이 작가의 「싱가포르 함락」 문장 전체를 여기에 차마 게재하지 못한다. 얼빠진 문장이다. 도조*조차, 이런 무신경한 이야긴 쓰지 않으리라. 대단히 기괴한 것을 쓰고 있다. 이제 이쯤에서 이 작가는, 틀려먹은 듯하다.

말할 건 얼마든지 있다.

이자는 인간의 나약함을 경멸하고 있다. 자신에게 돈이 있음을 뻐기고 있다. 「어린 점원의 하느님」**이라는 단편이 있는가 본데, 그 가난한 이를 대하는 잔혹함을 스스로 깨닫고 있을지 어떨지. 남에게 무얼 먹여 준다는 건, 전차에서 남한테 자리를 양보하기 이상으로 고통스럽다. 뭐가 하느님인가? 그 신경은, 마치 신흥 벼락부자를 꼭 빼닮지 않았는가!

---

* 군인. 정치가 도조 히데키(1884~1948)를 가리킨다.
** 「小僧の神様」. 1920년. 잡지 《시라카바》 1월호에 발표한 단편 소설.

또 어느 좌담회에서 (너는 또, 어째서 나를 그토록 신경 쓰나? 꼴불견이야.) 다자이 군의 『사양(斜陽)』이라는 것도 읽었지만, 질려 버렸지. 이따위 말을 한 모양인데, '질려 버렸지.' 어쩌고 하는 비굴한 말투에는, 이쪽이 되레 두 손 들었다.

　정말이지 그치한테는 질려 버렸어, 어이없어. 그런 표현은 히스테릭하고 배운 게 없는, 그리고 까닭 없이 거드럭거리는 난봉꾼이 쓰는 어투다. 어느 좌담회의 속기를 읽었더니, 그 머리 나쁜 작가가 나에 대해 "조금만 더 진지해지면 좋겠다는 느낌이 드네." 이런 말을 했던데, 어안이 벙벙했지. 너야말로, 조금만 더 어떻게든 안 될까?

　더욱이 그 좌담회에서, 귀족의 딸이 시골에서 갓 나온 하녀 같은 말투를 쓴다, 라고 했던데, 너의 「토끼」에는, "아버지는, 토끼 따위 죽이실 수 있으세요?" 같은 말이 있는 터라, 참말로 기이한 심정이었던 적이 있다. '죽이실 수 있다.'라니, 좋은 말인걸. 부끄럽지 않나?

　넌 도대체, 귀족이라 여기는 건가? 부르주아조차 아니잖아? 네 남동생을 대하며 네가 어떤 태도를 보였는지, 좋든 나쁘든, 아예 쓰지를 못하잖아? 온 집안이, 유행성 감기에 걸린 일 따위, 무슨 중대사인 양 쓰고는, 그게 작가의 바른길이라 믿어 의심치 않는 너의 길쭉한 말상 낯짝이 꼴불견이야.

　강하다는 것, 자신 있다는 것, 그것은 딱히 작가라는 이의 중요한 조건이 아니다.

　예전에 나는, 그 작가의 고등학교 시절이었나, 벚나무 줄기 옆에서 어지간히 멋 부린 사진을 본 적이 있는데, 정말이지 언짢은 학생이네! 생각했다. 예술가의 나약함이, 거기엔 조금도 없었다. 그저 무신경하게 멋 부리는 거다. 엷게 화장한 스포츠맨. 약자 괴롭히기. 에고이스트. 완력은 센가 보다. 나이 지긋한 사진을 봤더니, 별것 아닌 정원사 아저씨다. 배두렁이 작업복이 잘 어울릴 테지.

「범인」이라는 내 소설에 대해, "그건 읽었지. 그거 심하던 걸. 그건 처음부터 결말을 알 수 있지. 이쪽이 다 아는 사실을 작자는 모르리라 여기고, 열심히 썼더군." 이렇게 말하던데, 그건 결말이고 나발이고 없어. 처음부터 다 알 수 있건만, 그걸 자신의 혜안만이 꿰뚫어 본 듯 말하고 있으니, 너무나도 노망에 가깝다. 그건 탐정 소설이 아니야. 오히려, 너의 「청개구리」가 더 유치한 '결말' 아닌가?

대체 어째서 그토록, 스스로 잘난 체하는 거지? 스스로도 이제 글러 먹지 않았나, 그런 반성을 새긴 적이 없나? 강한 척 허세 부리는 건 그만두시죠. 관상이 험하잖아.

다시금 또, 이 작가에 대해 험담하겠는데, 이 사람의 최근 가작인지 뭔지 소리를 듣는 문장 한 줄을 읽고 참으로 이해하기 어려웠다.

이를테면 "도쿄역의 지붕 없는 플랫폼에 서 있자니, 바람은 없었으나 몹시 쌀쌀하여, 입고 온 홑겹 외투로 딱 좋았다." 멍청하다. 몹시 쌀쌀하여, 그러니까 떨고 있는 건가? 싶은데, 입고 온 홑겹 외투로 딱 좋았다, 이건 어찌 된 셈이지? 완전 엉망진창이다. 도통 이 작품에는, 이 소년공을 대하는 심퍼시(sympathy)가 조금도 나타나 있지 않다. 매정스레 뿌리치고서 애정을 느끼게끔 하는, 옛적부터의 속된 수법을 사용하고 있는 듯한데, 그건 실패다. 더구나 마지막 한 줄, "1945년 10월 16일의 일이다." 여기에 이르러선, 절로 웃음이 터져 나올 수밖에. 더는, 속임수가 먹혀들지 않게 되었다.

내가 아직도 우스꽝스러움을 참기 어려운 건, 그「싱가포르 함락」의 필자가 (거리낌 없이 말하지. 넌, '일억일심(一億一心)* 이 예기치 않게 실현되었다. 지금의 일본에는 친(親)영국 미국 어쩌고 하는 사상은 있을 수 없다. 우리의 기분은 환하며, 매우 차분해졌다.' 따위를 말했더군.) 전후에는, 그야말로 별안간, 우치무라 간조** 선생 같은 이름이 튀어나오고, 어느 잡지 인터뷰에선, 자신이 오늘껏 군국주의에 기울지 않고 절조를 지킬 수 있었던 것은, 오로지 은사 우치무라 간조의 교훈에 따랐음이라 말하는 모양이던데, 인터뷰는 믿을 만한 게 못 되지만, 절반쯤 에누리해서 듣는다 한들, 그 출랑출랑 경망스러움에 웃지 않을 수가 없다.

대관절 이 작가는 특별히 존경받고 있는가 본데, 왜 그렇듯 존경받는 건지, 나는 전혀 이해할 수 없다. 어떤 작업을 해 온 걸까? 그저 큼직한 활자의 책을 만들고 있는 듯하다고밖에 여겨지지 않는다.「반레키아카에(萬曆赤繪)」***라는 것도 읽었지만, 어처구니가 없었다. 혼자 잘났군, 싶었다. 자기가 방귀 한 번 뀐 걸 쓰더라도, 그게 큼직한 활자로 조판되고, 독자는 그걸 읽고, 옷깃을 여미는 식의 난센스와 조금도 다르지 않다. 작가도 좀 이상하지만, 독자도 좀 이상하다.

결국은, 행랑을 빌렸다가 안방에 책상다리하고 앉은 여우다. 아무것도 없다. 여기에, 그 작가의 선집이라도 있으면 하나하나 지적할 수 있을 텐데, 묘한 것이, 지금 아내와 둘이서 책상을 샅샅이 뒤져 봤건만 한 권도 없었다. 인연이 없는 거지, 하고 나는 말했다. 밤이 이슥했지만, 그래도 지인의 집으로 가서, 뭐든 괜찮으니까 시가 나오야가 쓴 걸 빌려 달라고 하여, 「이른 봄」과 「암야행로」 그리고 「잿빛 달」이 실린 잡지를 빌릴 수 있었다.

「암야행로」.

제목 한번 거창하게도 붙여 놨군! 그는 툭하면 남의 작품을 두고 허세 부린다 어쩐다 말하는 모양이던데, 자신의 허세를 좀 알아지! 그 작품이, 대부분 허세다. 박보 장기란 그걸 말함이다. 대체, 이 작품 어디에 '암야'가 있나? 오직, 자기 긍정의 무시무시함뿐이다.

어디가 훌륭한지? 그저 스스로 잘난 체하고 있을 뿐 아닌가? 감기에 걸렸다가, 중이염을 앓았다가, 그게 '암야'인가? 참으로 이해하기 어려웠다. 정말이지 이건, 예의 작문 교실, 소년 문학이 아닐지? 그것이 어느 틈엔가, 행랑을 빌렸다가 안방으로, 무학인 주제에 쑥스러움도 없이, 떡하니 들어앉아 천연덕스럽다.

그런데 나는, 이런 시가 나오야 따위에 대해 쓰고, 상당히 울적함을 느낀다. 어째서일까? 그는 이른바 가정인 좋은 사람이고, 적당한 재산도 있는 듯하고, 곁에 좋은 아내가 있고, 자식은 건강하며 아버지를 존경하고 있음이 분명하고, 그 자신은 경치 좋은 곳에 살고, 전쟁 재해를 입었다는 얘기도 못들었으니, 멋진 수제 명주옷도 입고 있을 테지. 더군다나 자신은 폐병인지 뭔지 불길한 질병도 없을 테고, 방문객은 다들 고상하여 선생님, 선생님, 하면서 그의 한 마디 한 구절에도 탄복하니, 부드러운 공기가 그득하다. "근래, 다자이라는 거들먹거리는 녀석이, 무어라고 선생님과 맞서서 말하는가 본데, 그

치는 추접스러운 녀석이니까 상대하지 마시길." (웃음소리.) 그
런데도, 그 추잡한, (나오야 가로되, "난 도무지 좋은 점을 찾아볼 수
없더군.") 그 마흔 살 작가는, 과장이 아니라, 피를 토하면서까
지 본류(本流)의 소설을 쓰고자 애쓰건만, 그 노력이 되레 모
두에게 미움받고, 허약한 어린아이 셋을 거느린 채, 부부는 진
정으로 함께 웃어 본 적이 없고, 장지 문살도, 맹장지문도 너
덜너덜 해어진 50엔짜리 셋집에 살며, 전쟁 재해를 두 번이나
당한 탓에, 본디 근사한 옷도 입고 싶은 남자가, 너무 짧아 깡
총한 바지에 게다*를 신은 차림으로, 아이 돌보느라 빠듯한
아내 대신 찬거리를 사러 나선다. 그리고 이 시가 나오야 따위
에 항의한 덕에, 내가 지금껏 교제해 온 선배, 벗, 모두와 서먹
서먹해지고 말았다. 그럼에도, 나는 말해야만 한다. 너구리인
지 여우인지 가짜가, 나의 노작(勞作)에 대해 '질려 버렸다.'
어쩌고 하며 혼자 잘난 척, 들어앉아 있기 때문이다.

대체 시가 나오야라는 사람의 작품은, 엄격하다나 뭐라
나 소리를 듣는 모양인데 그건 거짓말이고, 달착지근한 가정
생활, 주인공의 분수 모르고 어리광을 부리는 방자함, 요컨대
그 안이하고 즐거워 보이는 생활이 매력인가 보다. 벼락부자
에 지나지 않는 듯하지만 여하튼 돈이 있고, 도쿄에서 태어나
도쿄에서 자랐고, (도쿄에서 태어나 도쿄에서 자랐다는 것, 그 프라
이드는, 우리로서는, 거의 난센스에다 우스꽝스럽게 보이지만, 그들이
시골뜨기라고 할 때, 얼마나 깊은 경멸감이 담겨 있는지, 필시 그건 독
자 여러분이 상상하는 그 이상이다.) 난봉꾼, 아니 조금 불량배 티
가 나고, 뼈대 튼튼, 얼굴이 큼직하고 눈썹이 두툼하고, 스스

---

*   일본 나막신.

로 알몸이 되어 스모에 나선다. 그 힘센 것이 또 자랑인 듯, 뭐든지 이기면 그만이라고 흰소리를 치고, '불쾌하게 여겼다'느니 어쩌니, 올마이티*인 양 시건방진 소리를 해 대면 시골 출신 가난뱅이는, 어쨌거나 일단은 간담이 서늘해질 테지. 그가 방귀 뀌는 것하고 시골 출신 소인배가 방귀 뀌는 건, 전혀 의미가 다른 모양이다. '사람 나름'이라고, 그는 말한다. 머리가 나쁘고, 감수성이 둔하고, 그저 '내가, 내가!' 하며 나날을 보내고는, 1등이 되고 싶은 것일 뿐이다.(더구나. 행랑을 빌렸다가 안방을 가로채는 식의 비열한 방법으로.) 애당초 목적을 위해 수단을 가리지 않는 것은, 그들 완력가의 특징이긴 하나, 대뜸 뻣성 비슷한 걸 내고, 오줌 마려운 걸 참으며 엉거주춤 자세로, 그는 꾸깃꾸깃 원고를 휘갈겨 쓴다. 그러고는, 주변 사람에게 정서를 시킨다. 그것이, 그의 문장 스타일에 또렷이 나타나 있다. 잔인한 작가다. 몇 번이고 되풀이 말하고 싶다. 그는 고리타분하고, 난폭한 작가다. 고리타분한 문학관을 지닌 채, 그는 꼼짝달싹도 하지 않으려 한다. 완고함. 그는, 그걸 미덕이라 여기는 듯하다. 교활하다. 일이 잘만 되면, 하고 생각하는 데 불과하다. 이리저리 타산도 할 테지. 그러니까 싫은 거다. 쓰러뜨려야 한다고 생각하는 거다. 완고한 아버지가 한 사람 있으면, 그 가족 모두가 불행의 한숨을 내쉬는 법이다. 거드름은 그만 피우라! 나에 대해 "언짢은 포즈가 있어, 도무지 좋은 점을 찾아볼 수 없더군."이라나 말하던데, 그건 너의, 이미 석고 깁스처럼 고정되어 버린 멍청한 포즈 탓이지.

조금 더 나약해져라! 문학자라면 나약해져라! 유연해져

---

* almighty. 전지전능. 절대적인 권력자.

라! 너의 유파 양식 외의 자들을, 아니, 그 괴로움을 이해하려고 노력하라! 아무래도 이해 못 하겠거든, 잠자코 있으라! 무턱대고 좌담회 따위에 나가서, 창피당하지 마시라! 무학인 주제에, 육감이니 뭐니 믿을 게 못 되는 거지 같은 거에만 매달려, 10년이 하루인 양 남을 험담하고, 웃고, 저 혼자 우쭐우쭐 신이 난 녀석들은, 내 쪽에서도 '질려 버렸다.' 이기기 위해서, 참으로 비열한 수단을 써먹는다. 그러고는 세간에서, "저이는 좋은 사람이야. 결벽한, 훌륭한 사람이야." 그런 소리를 듣는 데 성공했다. 그야말로, 악인이다.

자네들이 얻은 건, (이른바 문단 생활 몇 년인지 모르겠으나) 세속적 신뢰뿐이다. '시가 나오야를 애독하고 있습니다.'라고 하면 그것은, 수수하고 고상한 취향을 지닌 사람의 증거라도 되는 모양인데, 부끄럽지 않은가? 그 작가 생전에 '미풍양속'과 잘 맞아떨어지는 작가란, 어떤 종류의 작가인지 알고 있을 테지.

자넨, 국회 의원에라도 나섰더라면 좋았을 텐데! 그 낯두꺼움, 자기 긍정. 국회 의원 따위에 안성맞춤이다. 자넨, 그 「싱가포르 함락」이라는 신통찮은 문장 (그 신통찮은 문장조차 시치미를 떼고 얼버무리려 애쓰는 듯하니, 무시무시한 양심가다.) 거기에서, 나무에 대나무를 접붙인 꼴로 너무나도 느닷없이, '겸양'이라는 단어를 사용했지만, 그거야말로 자네에게 가장 결여된 덕목이다. 자네의 볼품없는 머리에 잔뜩 들어찬 것은 오로지, 우쭐거림뿐이다. 이 '문예'라는 좌담회 기사를 일독하건대, 자넨 젊은이들 앞에서 몹시도 의기양양, 거들먹대며 싱글싱글, 또 젊은이들도 묘한 이야기만 하면서 알랑거리던데, 하지만 나는 젊은이의 험담은 하지 않을 작정이다. 나한테 무슨 소리를 듣는다는 건, 그 사람들의 필사적 행로를 부질없이 곤혹스럽게 할 뿐이라는 사실을 알기 때문이다.

　"나는 다자이보다 연장자니까."라는 자네의 말은, 연장자니까 험담할 권리가 있다는 식의 의미로 들리지만, 내 경우, 그것은 거꾸로다. "내가 연장자니까." 젊은이 험담은 삼가고 싶은 거다. 더군다나, 그 좌담회 기사 가운데, "아무래도, 평판이 좋은 사람을 험담하게 되어 곤혹스러운데."라는 대목이 있기에, 어쩌면 이토록 볼썽사납고 비열한 사람인가! 싶었다. 이 사람은 의외로, '평판'이라는 것에 민감한 게 아닐까? 그러하다면, 이렇게라도 말하는 편이 나을 테지. "요즘 평판이 좋다고 하니, 쓴소리를 좀 드려 보고 싶은데." 적어도 이쪽에 더 애정이 있다. 그의 말은 단지 케케묵은 허세뿐, 아무런 애정도 없다. 보라! 스스로 자신의 「구니코」며, 「아이 훔치는 이야기」를 전혀 쑥스러움도 없이 자랑삼고, 그 장점, 뛰어난 점을 풀어낸다. 그 노망든 품새엔, 피식 웃음이 절로 터질 수밖에. 작가도, 이쯤 되면 영 틀려먹었다.

　'지어낸 것', '지어낸 것' 하고 뻔질나게 떠드는 모양인데, 그거야말로 20년이 하루 같은, 곰팡이 피어난 문학론이다. '지어낸 것'이, 일상생활의 일기 같은 소설보다 얼마나 더 고생스러운지, 그리고 그 수고로움에 비해 이른바 비평가들이 탐탁지 않아 한다는 사실은, 자네도 「클로디어스의 일기」따위로 절실히 깨달았을 터. 그리하여 꾀부리고 뺀들거리는, 요컨대 자신의 일상생활에서 스스로 잘난 체하는 녀석만이, 예의 일기 같은 걸 쓰는 거다. 그리해서는 독자에게 죄송하다 싶어, 이른바 허구를 고안해 낸다, 바로 거기에야말로 작가의 참된 괴로움이라는 게 있지 않겠는가. 어차피 자네들은 게으름뱅이라, 그러고는 교활하게 어물쩍거릴 뿐이다. 그러니, 목숨을 걸고 글 쓰는 작가를 험담하고, 그야말로 목매단 이의 발을 잡아당기기 같은 짓을 저지르는 거다. 언제나 그렇지만, 나를 무의미하게 괴롭히는 건, 자네들뿐이다.

자네에 대해, 진절머리 나는 일은 한 가지 더 있다. 그건 아쿠타가와의 고뇌를 도통 이해하지 못하는 것이다.

그늘진 자의 번민.

나약함.

성서.

생활의 공포.

패자(敗者)의 기도.

자네들은 아무것도 이해하지 못한 채, 그걸 알지 못하는 스스로를, 자랑삼기까지 하는 듯하다. 그런 예술가가 있겠는가. 아는 거라곤 처세술뿐, 사상이고 뭐고 횡설수설. 벌어진 입이 다물어지지 않는다, 라는 건 이거다. 그저 사람의 언동만으로, 사람을 판단하려 한다. 상스럽다, 라는 건 그거다. 자네 문학에는 애당초, 아무런 전통도 없어. 체호프? 농담은 그만두시지. 아무것도 읽지 않았잖아? 책을 읽지 않는다는 건, 그 사람이 고독하지 않다는 증거다. 은자(隱者)인 척 행세하면서도, 주변이 늘 떠들썩하지 않다면 다행이다. 그 문학은, 전통을 깨뜨렸다고 여겨지지도 않고, 요컨대 어린아이의 읽을거리를, 나잇살 먹고서 엄청 으스대며 쓰고, 한껏 우쭐우쭐해하는 사람이라는 생각마저 든다. 하지만 안데르센의 「미운 오리새끼」만큼 '천재적인 작품'도, 하나 없는 듯하다. 그러고는, 그저 으스대는 거다. 완력 센 골목대장, 오야마노타이쇼,* 노기

---

* 흙더미 위로 먼저 올라서기를 겨루는 어린이 놀이. 또한 동아리에서 자기가 제

대장.*

　　귀족이 이러니저러니 말하던데, (귀족이라 하면, 이상스레 다들 격분하는 게 이해 불가.) 어느 신문 좌담회에서, 황족께서 「「사양」을 애독하고 있어요, 내 일처럼 여겨지니까.」라고 말씀하셨다. 그걸로, 족하지 않은가? 너희 벼락부자 녀석들이 알 바 아니야. 질투. 나잇살 먹고서, 창피하군. 다자이 따위, 죽이실 수 있으세요? 오는 말이 거칠면, 가는 말도 거친 법, 얼마든지 쓸 작정.

일이라고 뽐내는 사람을 가리킨다.

*　　노기 마레스케(乃木希典, 1849~1912). 군인. 육군 대장.

'쓸쓸함을 견디는 일'에 대하여

오늘은 첫눈 아아, 아무도 없구나
— 다자이 오사무의 단가

다자이 오사무, 그는 불과 서른아홉의 나이로 세상을 떠났다. 창작에 매진한 기간은 15년 남짓. 이 책『마음의 왕자』는 일본 지쿠마서방에서 간행한「다자이 오사무 전집」(총 13권, 1999) 가운데 제11권 '수상(隨想)'이라 분류해 놓은 데서 46편(거의 절반)을 선별, 우리말로 옮긴 것이다. 각각의 글은 발표 연도순으로 정리되어, 1933년부터 1948년까지, 다자이의 문학 활동 시기 전반을 아우르고 있다. 그때그때 작가의 실생활 변화와 더불어, 발표된 작품의 분위기나 특징 등을 염두에 두고 읽으면 한층 입체감 있는 독서가 되리라 여긴다.

최근 몇 년 우연인지 필연인지, 다자이 오사무의 작품을 잇달아 세상에 내놓게 되었다. 다자이의 첫 창작집『만년』부터『사양』,『디 에센셜 다자이 오사무』그리고『달려라 메로스』. '디 에센셜 시리즈'는 2020년, 작가의 에세이와 단편을 함께 엮어 소개하는 취지로 기획되었고, 세 번째 작가로 다자이 오사무가 선정되었다. 다만 다자이의 경우, 소설과 산문(에세이) 사이 경계가 불분명한 부분이 있는 점을 고려해, 작가의 다양하고 폭넓은 문학 세계를 음미할 수 있는 빼어난 단편들을 우선적으로 엄선해 수록하기로, 편집 방향이 잡혔다. '다자이 오사무 걸작 단편선'이라 할 『달려라 메로스』는 뒤이어 출간되었다.

그간의 작업을 거치고, 『마음의 왕자』는 다자이 에세이 본격 소개라는 자연스러운 흐름의 결과물이 되는 셈이다. 작가 에세이에 굳이 '작품 해설'이 필요하겠는가 싶지만, 해당 글의 집필 배경이나 전후 사정에 대한 이해를 위해 간략히 적으려 한다.

* * *

어느 한 남자의 정진(精進)에 대하여

"저는 진실만을, 혈안이 되어 뒤쫓았습니다. 저는, 지금 진실을 따라잡았습니다. 저는 앞질렀습니다. 그리고 저는 아직 달리고 있습니다. 진실은 지금, 제 등 뒤에서 달리고 있는 듯합니다."

살아가는 힘

"진저리 나는 활동사진을, 마지막까지, 보고 있는 용기."
　　　　　　　　　　　　　　　　　　　　—「벽안탁발」중에서

"생활이란 무엇입니까?"
"쓸쓸함을 견디는 일입니다."

"예술이란 무엇입니까?"

"제비꽃입니다."

"시시하네요."

"시시한 겁니다."

"예술가란 무엇입니까?"

"돼지 코입니다."

"그건, 너무한데요."

"코는, 제비꽃 내음을 알고 있습니다."

─「희미한 목소리」 중에서

우정. 신뢰. 나는, 그것을 '도당' 안에서 본 적이 없다.

─「도당(徒黨)에 대하여」 중에서

책을 읽지 않는다는 건, 그 사람이 고독하지 않다는 증거다.

─「여시아문」 중에서

다자이 오사무는 아포리즘 같은 글쓰기의 명수로도 정평이 나 있다. 『만년』의 권두에 실린 단편 「잎」 역시 아포리즘 형식을 빌린 독특한 작품이다. 다자이의 비평 의식이 살아 있는 촌철살인의 명언들을, 사람들은 즐겨 인용한다. 특히 「생각하는 갈대」(1935~1936)와 「벽안탁발」(1936)에는, 그즈음 『만년』 시대를 통과하는 작가의 질풍노도 청춘이 번뜩인다.

1935년의 다자이 연보를 보면 참으로 다사다난하다. 대학 졸업 실패, 신문사 입사 시험 불합격, 가마쿠라에서 자살 기도, 맹장염 수술 후 진통제 파비날 중독……. 그리고 제1회 아쿠타가와 문학상에 다자이의 「역행」(『만년』에 수록)이 최종 후보작으로 오른다. 아쿠타가와 류노스케는 일찍이 다자이가 문학의 길로 나아가려는 꿈을 키우던 학창 시절부터 경도되었던 작가다. 그 문학상의 첫 수상자가 되는 영예를 갈망하는 건 당연했다. 다자이의 기대는 빗나갔다. "작자의 당장 현 생활에 언짢은 구름 있어, 재능이 올곧게 드러나지 못한 아쉬움이 있다."라는 가와바타의 심사평에 다자이는 발끈했고, 항의조로 써 내려간 글이 「가와바타 야스나리에게」(1935), 이른바 '아쿠타가와상 사건'의 발단이다.

약물 중독에 따른 정서 불안정이 과도할 만큼의 분노 표출에 한몫했다고는 하나, 자신의 문학(작품)이 그 자체로 온전히 평가받지 못한 데 기인한 좌절감이 압도하지 않았을까. 더욱이 당시 예술파의 기수로 문단을 견인하는 존재였던 가와바타 야스나리가 아닌가. 반드시 인정받고 싶은 인물이었기에 다자이로선 분명 뼈아픈 사생활 지적이었을 테지만, 상대가 누구건 간에 문학 앞에서는 한 치도 양보하지 않겠다는 패기와 자신감의 반증으로도 보인다.

「마음의 왕자」(1940)는 간명하면서도 짙은 여운이 감도는, 아름다운 작품이다. 이 글 제목 그대로, 이번 에세이 선집의 표제로 삼는 데는 망설임이 없었다. "지상의 영위에선 아무런 자랑거리가 없다 해도, 그 자유롭고 고귀한 동경심으로 인해, 때로는 신과 함께 살 수도 있는 겁니다."(142쪽)

갓 삼십 대에 접어든 작가가, 젊은이들에게 들려주는 이야기다. '영원한 청춘 문학'으로 여전히 빛을 발하는 『만년』의

「작품 해설」에서 썼던 말을, 나는 되풀이 중얼거린다. "그러니까 다자이는 처음부터 '시인'이었던 거다."

마지막에 실린 「여시아문」(1948)은 다자이가 삶을 마감하기 직전에 발표한, 그야말로 '문제작'이다. 건강이 악화하면서 작가는 부득이 구술하는 방식을 택했고, 그것을 잡지 기자가 받아 적었다. 이 작업은 『인간 실격』 집필과 병행되었다. 문학평론가 오쿠노 다케오는 「여시아문」에 대해, "시가 나오야를 비롯한 기성 문학자에 맞서, 죽음을 걸고, 목숨을 버릴 각오로, 거침없이 입바른 소리로 비판을 가한 기념비적 문장"(「해설」, 『생각하는 갈대』, 신초문고, 2002)이라 썼다. 아울러 그 문장이 히스테릭하고 다소 감정적으로 읽힐 수 있다는 점을 수긍하면서도, 일본의 기성 문학에 대한 가장 본질적 비판이 이루어졌다는 점을 들어, 역사적인 기념비로서 중요성을 짚고 있다.

너희가 가진 도덕은, 깡그리 너희 자신, 혹은 너희 가족의 보전 이외엔 한 걸음도 나서지 않아.

거듭 묻는다. 세상으로부터, 내쫓긴들 좋아. 목숨 걸고 일을 행하는 건 죄인가.

나는, 자신의 이익을 위해 쓰고 있는 게 아니야. 믿기지 않을 테지.

마지막으로 묻는다. 나약함, 고뇌는 죄인가.

─「여시아문」 중에서

* * *

에세이가 지닌 강점이 그러하듯, 다자이 산문에도 일상적

삶의 조각보가 펼쳐진다. 그 조각들마다 반짝이는 다자이식 유머가 자리 잡았고 ─ '염천한담(炎天汗談)' ─ 거의 충격에 가까운 감각과 상념, 가차 없는 비평 의식이 촘촘히 박혀 있다. 소설에서의 다양한 변주만큼이나, 글의 주제에 따라 스타일을 달리 구사하며 써 내려간 다자이 에세이는, 예컨대「바다」처럼 '손바닥 소설(장편〔掌篇〕소설)'이라는 장르에 속할 법한 글도 담고 있다. "소설 이외의 문장은 아무것도 쓰지 않으리라 각오"했다거나, 감상문 같은 건 "조끼 단추를 두세 개 잠그는 사이"에 마무리 지어야 한다 등, 작가로서 본업인 소설 밖의 글쓰기를 드러내 놓고 꺼리는 다자이의 민낯(또는 포즈)은 왠지 친근함마저 자아낸다.

다자이의 문장이 지닌 리듬과 호흡은 소설이건 에세이이건, 읽는 이를 팬으로 만들고 마는 묘한 힘을 발휘한다. "다자이의 일본어는 훌륭하다. 다자이는 일본어 산문의 어느 도달점에 닿아 있는 사람"(작가 이노우에 히사시)이라는 극찬이 곧이곧대로 받아들여지는 까닭도, 그 언저리에 있지 않을까 싶다.

「시골뜨기」부터「여시아문」에 이르기까지, 다자이 산문집『마음의 왕자』를 통해, 독자는 더욱 진솔하고 거침없는, 희로애락이 깃든 작가의 육성을 속삭임처럼 들을 수 있으리라. 잔잔한 공명이 일어나기를, 나는 꿈꾼다.

2024년 여름
유숙자

1909년	6월 19일 일본 아오모리〔青森〕현 쓰가루〔津輕〕군에서 신흥 상인이자 대지주인 부친 쓰시마 겐에몬과 모친 다네 사이에 열 번째 자녀, 여섯 번째 아들로 출생했다. 본명은 쓰시마 슈지〔津島修治〕.
1912년	5월, 부친이 중의원(일본 국회의 하원) 의원에 당선되었다.
1916년	4월, 가나기〔金木〕제일심상 초등학교에 입학했다.
1922년	3월, 초등학교를 졸업. 성적이 우수하여 6년간 수석을 유지했다. 4월, 교외의 메이지 고등초등학교에 입학해 1년간 통학했다. 12월, 부친이 아오모리현 다액 납세 의원으로서 귀족원 의원이 되었다.
1923년	3월, 부친이 도쿄의 병원에서 별세(53세). 4월, 현립 아오모리 중학교에 입학했다.
1925년	아오모리 중학교《교우회지》에 작품을 발표하

면서 작가의 꿈을 키우기 시작했다. 8월, 친구들과 동인지《성좌》를 창간해 희곡을 발표했으나 1호로 폐간되었다. 11월, 남동생이 동인으로 참가한《신기루》를 창간해 적극적으로 편집을 맡으면서 소설, 에세이 등을 발표했다.

1927년   4월, 히로사키〔弘前〕고등학교 문과에 입학했다. 7월, 작가 아쿠타가와 류노스케〔芥川龍之介〕의 자살에 충격을 받고 학업을 소홀히 하게 되었다.

1928년   5월, 동인지《세포문예》창간. 생가의 치부를 고발한 장편 소설「무간나락」을 발표했다. 게이샤 베니코(紅子, 본명 오야마 하쓰요〔小山初代〕)를 만났다.

1929년   1월, 남동생이 패혈증으로 돌연 사망했다(18세). 12월, 기말 시험 전날 밤, 다량의 칼모틴으로 하숙방에서 자살을 기도했다.

1930년   4월, 도쿄 제국 대학 불문과에 입학했다. 작가 이부세 마스지〔井伏鱒二〕를 사사했다. 고교 선배의 권유로 비합법 좌익 운동에 참가했다. 11월, 도쿄 긴자 카페의 여급이었던 다나베 아쓰미와 가마쿠라 해안에서 칼모틴으로 동반 자살 기도, 여성만 사망했다. 12월, 하쓰요와 간소한 혼례를 올렸다.

1932년   7월, 아오모리 경찰서에서 조사를 받고 비합법 활동과의 절연을 서약했다. 단편「추억」을 집필했다. 이후「어복기(魚服記)」,「잎」,「로마네스크」등『만년(晩年)』에 수록될 작품들을 잇달아 발표했다.

1934년	동인지《푸른 꽃》을 발간했다.
1935년	3월, 도쿄 대학 졸업에 실패했다. 미야코〔都〕신문 입사 시험에도 낙방했다. 가마쿠라의 산에서 자살을 기도했다. 맹장염 수술 후 복막염을 일으켜 중태에 빠졌다. 입원 중, 진통제 파비날에 중독되었다.《일본낭만파》5월호에「어릿광대의 꽃」을 발표했다. 8월,「역행(逆行)」으로 제1회 아쿠타가와상 후보에 오르지만 차석에 그친다. 작가 사토 하루오〔佐藤春夫〕를 방문, 이후 사사하게 된다.
1936년	6월, 첫 창작집『만년』을 간행. 7월, 우에노에서 출판 기념회가 열렸다. 파비날 중독 증상이 극심해져 병원에 입원, 한 달 후 완치되어 퇴원했다. 9월,「창생기(創生記)」,「교겐〔狂言〕의 신」을 발표했다.
1937년	3월, 아내 하쓰요의 부정을 알고 나서, 칼모틴으로 동반 자살을 기도했다. 4월,『HUMAN LOST』를 발표했다. 6월, 하쓰요와 이별했다. 7월, 창작집『20세기 기수』를 간행했다.
1938년	9월, 야마나시〔山梨〕현 덴카차야로 가서 창작에 전념했다.
1939년	1월, 스승 이부세의 중매로 이시하라 미치코〔石原美知子〕와 결혼했다.「부악백경(富嶽百景)」,「여학생〔女生徒〕」, 단편집『사랑과 미에 대하여』를 간행했다. 9월, 도쿄 미타카〔三鷹〕로 이

사했다. 직후 2차 세계 대전이 발발했다.「아, 가을」을 발표했다.

| 1940년 | 작가 다나카 히데미쓰〔田中英光〕가 소설을 들고 미타카로 찾아와서 다자이와 첫 대면을 한 이후 사사했다. 5월,「달려라 메로스」, 11월,「여치」를 발표했다. |

1940년 작가 다나카 히데미쓰〔田中英光〕가 소설을 들고 미타카로 찾아와서 다자이와 첫 대면을 한 이후 사사했다. 5월,「달려라 메로스」, 11월,「여치」를 발표했다.

1941년 「청빈담(淸貧譚)」,「도쿄 팔경〔東京八景〕」 등을 발표했다. 6월, 장녀 소노코〔園子〕가 태어났다. 문인 징용령을 받았으나 흉부 질환으로 징용에서 면제되었다. 12월, 태평양 전쟁이 발발했다.

1942년 장편『정의와 미소(正義と微笑)』, 창작집『여성』(「기다리다」,「여치」수록)을 출간했다. 이 무렵부터 군사 교련을 받았다. 10월, 모친이 위독하다는 소식을 듣고 가족과 함께 귀향했다. 12월, 모친이 별세했다(69세).

1943년 「고향」을 발표했다. 9월, 장편『우다이진 사네토모〔右大臣實朝〕』를 간행했다.

1944년 『쓰가루〔津輕〕』집필을 의뢰받아 5월 중순부터 6월 초순에 걸쳐 쓰가루 지방을 여행했다. 8월, 장남이 출생했다. 창작집『가일(佳日)』을 출간하고 이것이 영화화되었다. 11월,『쓰가루』를 간행했다.

1945년 4월, 공습으로 자택이 파손되어 고후〔甲府〕의 처가로 소개했다가 다시 7월 말, 고생 끝에 가나기의 생가에 도착했다. 8월 15일, 일본이 패전했다. 9월에 장편『석별』, 10월에 『옛이야기〔お伽草紙〕』를 간행했다. 농지 개혁으로 지주 제도가

해체되면서 생가는 사양의 길에 접어들었다.

1946년   전후 첫 중의원 의원 선거에 큰형이 당선되었다. 「고뇌의 연감」, 희곡 「겨울 불꽃」을 발표했다. 『판도라의 상자』를 출간했다.

1947년   오타 시즈코(太田靜子)의 집을 방문하고 그녀의 일기를 빌린다. 이 일기는 소설 「사양(斜陽)」에 반영되었다. 「비용의 아내」를 발표했다. 3월, 차녀 사토코(里子, 작가 쓰시마 유코(津島佑子))가 태어났다. 11월, 오타 시즈코와의 사이에 딸 하루코(治子, 작가 오타 하루코(太田治子))가 태어났다. 12월, 『사양』을 출간했다. 몰락한 귀족을 지칭하는 '사양족'이라는 단어를 유행시키며 베스트셀러가 되었다. 다자이의 생가는 현재 '사양관'이라 이름 지어져 기념관으로 운영되고 있다.

1948년   『다자이 오사무 수상집』, 「다자이 오사무 전집」을 간행했다. 이 무렵 자주 각혈했다. 5월, 「앵두」를 발표했다. 『인간 실격』을 탈고한 뒤, 《아사히 신문》의 연재 소설 「굿바이」 집필에 착수했다. 6월, 『인간 실격』 일부를 《전망》에 발표했다. 6월 13일 밤, 도쿄 미타카의 다마강 수원지에 야마자키 도미에(山崎富榮)와 투신했다. 만 39세 생일인 6월 19일, 시신이 발견되었다.

미타카의 젠린지(禪林寺)에 잠들다. 해마다 6월 19일이면 다자이를 기리는 모임 '앵두기(桜桃忌)'가 열리고, 다자이 문학의 애독자들이 참가한다.

6월, 7월, 유고 「굿바이」를 발표했다. 7월, 『인간 실격』, 작품집 『앵두』(「미남자와 담배」 수록), 11월, 『여시아문(如是我聞)』이 출간되었다.

옮긴이 유숙자	번역가. 일본문학 연구자. 문학 박사. 지은 책으로 『재일한국인 문학 연구』(학술원 우수학술도서), 『재일한인문학』(공저), 옮긴 책으로는 가와바타 야스나리의 『설국』, 『손바닥 소설 1·2』, 『명인』, 다자이 오사무의 『사양』, 『만년』, 『달려라 메로스』, 『인간 실격』, 『디 에센셜 다자이 오사무』, 『마음의 왕자』, 나쓰메 소세키의 『행인』(대산문화재단 번역 지원), 『유리문 안에서』, 엔도 슈사쿠의 『깊은 강』, 오에 겐자부로의 『새싹 뽑기, 어린 짐승 쏘기』, 쓰시마 유코의 『「나」』, 김시종 시선집 『경계의 시』, 사토 하루오의 『전원의 우울』, 가와무라 미나토의 『전후문학을 묻는다』 등 다수가 있다.

마음의 왕자	1판 1쇄 찍음 2024년 7월 12일 1판 1쇄 펴냄 2024년 7월 19일
	지은이 다자이 오사무 옮긴이 유숙자 발행인 박근섭, 박상준 펴낸곳 (주)민음사
	출판등록 1966. 5. 19. 제16-490호 서울시 강남구 도산대로 1길 62(신사동) 강남출판문화센터 5층 06027 대표전화 02-515-2000 팩시밀리 02-515-2007 www.minumsa.com

© 유숙자, 2024. Printed in Seoul, Korea

ISBN 978 89 374 3834 9 04800
ISBN 978 89 374 2900 2 (세트)

쏜살 참깨와 백합 그리고 독서에 관하여 존 러스킨·마르셀 프루스트 | 유정화·이봉지 옮김

마르그리트 뒤라스의 글 마르그리트 뒤라스 | 윤진 옮김

너는 갔어야 했다 다니엘 켈만 | 임정희 옮김

무용수와 몸 알프레트 되블린 | 신동화 옮김

호주머니 속의 축제 어니스트 헤밍웨이 | 안정효 옮김

밤을 열다 폴 모랑 | 임명주 옮김

밤을 닫다 폴 모랑 | 문경자 옮김

책 대 담배 조지 오웰 | 강문순 옮김

세 여인 로베르트 무질 | 강명구 옮김

시민 불복종 헨리 데이비드 소로 | 조애리 옮김

헛간, 불태우다 윌리엄 포크너 | 김욱동 옮김

현대 생활의 발견 오노레 드 발자크 | 고봉만·박아르마 옮김

나의 20세기 저녁과 작은 전환점들 가즈오 이시구로 | 김남주 옮김

장식과 범죄 아돌프 로스 | 이미선 옮김

개를 키웠다 그리고 고양이도 카렐 차페크 | 김선형 옮김

정원 가꾸는 사람의 열두 달 카렐 차페크 | 김선형 옮김

죽은 나무를 위한 애도 헤르만 헤세 | 송지연 옮김

도리언 그레이의 초상 1890 오스카 와일드 | 임슬애 옮김

아서 새빌 경의 범죄 오스카 와일드 | 정영목 옮김

질투의 끝 마르셀 프루스트 | 윤진 옮김

상실에 대하여 치마만다 응고지 아디치에 | 황가한 옮김

납치된 서유럽 밀란 쿤데라 | 장진영 옮김

모든 열정이 다하고 비타 색빌웨스트 | 임슬애 옮김

수많은 운명의 집 슈테판 츠바이크 | 이미선 옮김

기만 토마스 만 | 박광자 옮김

베네치아에서 죽다 토마스 만 | 박동자 옮김

팔뤼드 앙드레 지드 | 윤석헌 옮김

새로운 양식 앙드레 지드 | 김화영 옮김

노인과 바다 어니스트 헤밍웨이 | 김욱동 옮김

단순한 질문 어니스트 헤밍웨이 | 김욱동 옮김

겨울 꿈 F. 스콧 피츠제럴드 | 김욱동 옮김

위대한 개츠비 F. 스콧 피츠제럴드 | 김욱동 옮김

밀림의 야수 헨리 제임스 | 조애리 옮김

너와 세상 사이의 싸움에서 프란츠 카프카 | 홍성광 옮김